KB102200

회사원
마스터
Businessman
Master

회사원 마스터 10

에바트리체 장편 소설

초판 1쇄 찍은 날 § 2015년 11월 24일
초판 1쇄 펴낸 날 § 2015년 12월 1일

지은이 § 에바트리체
펴낸이 § 서경석

편집책임 § 이창진

펴낸곳 § 도서출판 청어람
등록번호 § 제387-1999-000006호
등록일자 § 1999. 5. 31
어람번호 § 제1-2297호

주소 § 경기도 부천시 원미구 부일로 483번길 40 서경B/D 3F (우) 14640
전화 § 032-656-4452 팩스 § 032-656-4453
http://www.chungeoram.com
E-mail § chungeorambook@daum.net

ISBN 979-11-04-90532-2 04810
ISBN 979-11-04-90281-9 (세트)

FUSION FANTASTIC STORY

에바트리체 장편 소설

회사원 마스터

Businessman Master

10

[완결]

청
어
람
도서출판

목차

제1장

응수

퇴근을 마친 후.

집으로 돌아온 민철이 문을 열며 안으로 들어선다.

"민철 씨 왔어?"

앞치마를 착용한 채 민철을 반겨주는 체린.

그녀의 모습과 더불어 주방에서 풍겨오는 얼큰한 찌개의 냄새로 보아선, 아마도 저녁 식사 준비에 한창이었던 것으로 추정된다.

"오늘 저녁은 뭐지?"

"곰탕이야."

"곰탕이라……."

체린과 같이 살면서 그녀가 해줬던 요리 목록에는 없던 새로운 메뉴다.

체린은 이래 뵈도 상오그룹의 부사장으로서, 민철 못지않게 바쁜 나날을 보내고 있다.

그럼에도 불구하고 결혼하기 전, 신부 수업은 착실하게 수행을 해왔다.

요리, 청소를 포함해 가사 전반에 대해선 빈틈없이 소화하고 싶다는 마음가짐으로 배워왔던 것이다.

덕분에 요리도 어느 정도 수준급에 올라 있다.

하나 그것도 명확하게 한계가 정해져 있었다.

제아무리 짬짬이 시간을 내 요리를 배운다 하더라도 다른 전업 주부에 비해선 확실히 시간적으로 부족한 면이 있다.

그래서 그녀가 구사할 수 있는 요리 또한 매우 한정적이었다.

최근에 들어서 틈이 날 때마다 자신이 만들 수 있는 요리의 범위를 넓혀 이렇게 곰탕이라는 새로운 요리를 선보이곤 한다.

물론 맛은 장담 못 한다.

'그래도 먹을 만한 요리가 되었으면 좋겠군.'

오늘은 여러모로 피곤한 하루가 되었기 때문에 체린을 데리고 외식 길에 오르고 싶지 않다.

그냥 집에서 편안하게 먹는 집밥이 더 좋다.

테이블에 앉자, 체린이 만든 곰탕이 지글지글 소리를 내며 모습을 드러낸다.

일단 겉모습은 합격이다.

그렇다면 맛은?

"잘 먹을게."

국물을 한 숟가락 떠서 자신의 입가에 가져다 대는 민철.

후르릅!

뜨거운 열기를 품은 국물이 그의 입안을 적시며 목구멍으로 타고 흘러 체내로 흡수된다.

맛은 나쁘지 않다.

아니, 오히려 체린이 만든 요리 중 상급에 속할 정도로 뛰어난 맛을 자랑하고 있었다.

"괜찮군. 잘되었어."

"그래? 다행이다."

이제야 안도의 한숨을 내쉬는 체린이었다.

기껏 나름 시간을 쪼개 배운 곰탕 요리법인데, 남편에게 혹평을 받게 된다면 기분이 그다지 좋지는 않았을 것이기 때문이다.

그렇게 체린의 레시피에 곰탕이라는 요리가 새로 추가되

는 순간이었다.

　한편.

　식사를 마치고 난 이후, 거실에 자리를 잡은 두 신혼부부.

　자연스럽게 민철의 어깨에 머리를 기댄 체린이 리모컨으로 TV 채널을 돌리기 시작한다.

　TV를 보는 것보다 다른 쪽에 관심이 쏠려 있던 민철이 슬쩍 입을 연다.

　"얼마 전에 만났던 친구분 중에 윤민희 씨라고… 있었지."

　"응. 걔가 왜?"

　아직 민철에게서 고청산업에 관한 모든 이야기를 듣지 못한 체린이 고개를 돌려 민철을 응시한다.

　며칠 전.

　민희와 유나가 이곳으로 놀러 왔을 때, 민철은 민희가 윤민호의 딸이라는 걸 알고 미묘한 표정 변화를 보여줬었다.

　고청산업의 대표자명으로 이름이 올라가 있는 남자, 윤민호.

　그는 장진석과 연관이 있는 사람이다.

　"조사를 좀 해줬으면 하는데."

　"어떤 조사?"

　"민희 씨의 아버지… 그러니까 윤민호라는 분이 고청산업 회사 경영에 얼마만큼 관여를 하고 있는지에 대해서."

"저번 이야기랑 연결되는 거구나."

"아무래도 그렇겠지."

감사팀 팀장, 강철호의 조사에 의하면 고청산업은 청진전자로부터 하청을 받으면서 좋지 않은 형태의 일처리를 하고 있다는 게 밝혀졌다.

장부와 실제 경비의 불일치.

고청산업에게 하청 의뢰을 지시하고 적지 않은 금액을 넘겨줬지만, 실제로는 그러한 하청 내용이 없었다는 것 등등.

중간에 사라진 돈이 너무 많다.

이건 아마도 분명…….

장진석과 남우진의 연계 플레이일 가능성이 크다.

두 사람은 청진그룹 초창기 때부터 같이 호흡을 맞춰오던 사람이다.

남우진이 고청산업에 장진석과 연관이 되어 있다는 걸 모를 리는 없을 것이다.

그 유명한 완벽주의자, 남성진의 아버지 아니겠는가.

물론 강오선 사건의 경우에는 남우진도 그의 진의를 파악하기 힘들어했었지만, 장기적인 횡령을 해왔다는 건 즉, 위에서 눈을 감아주는 사람이 있어서 가능한 일임을 뜻한다.

그 사람이 바로 남우진이다.

여러모로 횡령의 분위기가 물씬 풍기는 단서가 여럿 나

왔다.

이제 이것들이 남우진과 관련이 있다는 걸 알아낸다면……

아니, 설사 관련이 없다 하더라도 청진전자를 이끌어가는 그도 책임이 있다는 비난은 피할 수 없다.

횡령 사실을 몰랐다고 해도 그 사실에 대해 책임을 져야 하는 우두머리의 지위에 있기 때문이다.

결국 남우진이 직접적으로 연관이 있든, 없든 간에 분명 고청산업 횡령 사건은 그에게 큰 타격을 줄 게 자명하다.

"아마도… 민희 씨한테는 좋지 않은 일이 벌어질 거야."

"……."

체린의 표정이 굳어진다.

사실 민철이 처음 민희의 정체를 들었을 당시, 그의 표정 변화를 유심히 지켜보던 체린은 분명 민희가 안 좋은 일에 연관되어 있을 거란 생각은 하고 있었다.

한편으로는 아니었으면… 하고 기원했지만.

그것은 곧 민철의 입을 통해 현실로 이뤄지게 되었다.

분명 민희는 소중한 친구임에는 틀림이 없다.

하지만.

"어차피 밝혀질 부정행위라면… 가급적이면 빨리 도려내는 편이 민희 씨를 위해서도 좋지 않을까."

"……"

설사 여기서 체린이 민철에게 횡령 사실을 고발하지 말라고 부탁해도 그녀의 말을 무시했을 것이다.

체린도 그 사실을 잘 알고 있다.

그렇기 때문에 이런 말을 하는 것일지도 모른다.

게다가 횡령이라는 걸 저질렀다면, 언젠가는 분명 수사망에 포착되어 모든 진실이 만천하에 드러나게 될 것이 틀림없다.

꼬리가 길면 잡힌다고 했던가.

아마 민철이 장진석의 횡령 여부에 대한 조사에 착수한다면, 훗날 다른 이들도 횡령의 단서를 발견하고 민철과 같은 방식으로 조사에 들어갈 게 분명하다.

어차피 발견될 거라면, 그나마 최대한 일찌감치 세상에 치부를 드러내는 게 그나마 죄목을 가볍게 만드는 게 아닐까.

체린의 생각은 그러했다.

그래서 이런 말을 할 수 있는 것이다.

"민희… 많이 위로해 줘야겠네."

체린이 조심스럽게 눈을 감아본다.

분명 많이 괴로울 것이다.

횡령과 연관되어 있고, 이름뿐이라고는 하나 그래도 회사의 대표에 이름이 올라가 있는 사람이 민희의 아버지 아니겠는가.

민희에게도 어느 정도 영향은 끼칠 것이다.

민철을 만류해 민희를 지킨다는 선택지도 있었다.

하나 그건 민희를 위한 길이 아닐지도 모른다.

잘못을 했으면… 그에 합당한 처벌을 받는 게 도리니까.

물론 민희가 잘못을 한 건 아니다.

그러나 분명 민희의 가족은 힘든 길을 걷게 될 것이다.

자신들이 잘못한 게 아님에도 불구하고 말이다.

그것이 바로…….

자본주의 사회의 연대책임이라는 게 아닐까 싶다.

*   *   *

한경배 회장의 저택 안.

요즘 들어 자주 이곳을 찾게 된 서진구의 표정이 그다지 밝지만은 않았다.

"어서 오세요. 먼 길 오시느라 고생 많으셨어요."

예지가 다른 이들과 함께 고개를 숙이며 서진구를 맞이한다.

마음의 안정을 취한 이후, 점점 어른스러워져 가는 예지.

겉모습과 더불어 마음가짐까지 예전의 예지와는 사뭇 다

른 성숙함을 보여준다.

시련은 사람을 더욱 강하게 만든다고 했던가.

강오선 사건 이후 마음고생이 심했던 예지였으나, 동시에 그녀 자신의 그릇을 깨닫고 현실을 인정하며 부족한 면을 고치고 받아들이고나 하는 마음가짐을 지니게 되었다.

덕분에 시야가 넓어지고, 사고방식이 좀 더 어른스러워졌다.

물론 강오선 사건 이전에 이런 모습을 보였다면 혹여나 그런 불미스러운 사건이 터져도 의연하게 대처했을지도 모른다.

그러나 지난날을 후회해 봤자 무슨 소용이랴.

이미 다 부질없는 짓이거늘…….

"안으로 들어오세요."

"고맙구나."

진구가 고개를 끄덕이며 저택 안으로 들어선다.

예지의 안내에 따라 도착한 곳은 바로 거실.

한경배 회장이 TV를 시청하고 있는 장소였다.

"왔는가."

"예, 형님."

진구가 고개를 숙이며 한경배 회장에 대한 예를 올린다.

여전히 휠체어에 불편한 몸을 누이고 있는 한경배 회장.

그도 이제 어렴풋이 직감을 하고 있었다.

남은 삶이 얼마 남지 않았음을…….

"남우진… 그 녀석은 어떻게 되고 있지?"

"여전히 강오선 사건에 관한 혐의를 부정하고 있습니다."

"독한 녀석… 내가 호랑이 새끼를 키웠구만."

어떻게 해서든 남우진의 세력을 약화시키고자 타깃을 그로 지정하고 집중 공격을 펼친 한경배 회장이었으나.

남우진은 결국 버텨냈다.

"초창기 때부터 알아봤지만… 그 녀석은 정말 괴물이야. 돈에 현혹되지만 않았어도 참으로 좋은 녀석일 터인데… 쯧쯧쯧."

한경배 회장이 진심을 담아 한탄을 내뱉는다.

만약 남우진이 청진그룹을 통째로 접수하게 된다면, 그간 한경배 회장이 이뤄온 능력제 시스템 등 올바른 풍조는 싸그리 다 엎어지게 될 것이다.

누가 얼마만큼 뒷돈을 잘 찔러주느냐.

그리고 후한 접대를 어느 선까지 해줄 수 있느냐.

그것으로 모든 보상이 결정될지도 모른다.

남우진의 마인드는 애초에 그러했다.

세상을 움직이는 건 능력도 아니요, 사람 간의 신뢰 관계도 아니다.

오로지 돈.

돈이 만능이다.

돈을 가지고 있으면 모든 문제를 해결할 수 있다.

물질만능주의를 숭배하듯 하는 그의 태도에 한경배 회장은 진절머리가 날 정도였다.

그래도 어찌하겠는가.

돈을 탐하는 만큼 그를 따르는 세력들 역시 많은 보상에 현혹되어 철썩같이 남우진을 믿고 따르고 있다.

그간 남우진을 따르는 사람들이 많았음에도 불구하고 지금까지 청진그룹을 접수하지 못한 이유는 바로 한경배 회장이란 존재 때문이었다.

그때까지만 하더라도 한경배는 스스로 건재함을 과시해왔다.

하나 지금은 다르다.

몸도 쇠약해졌고, 더 이상 회사를 이끌어갈 만한 여력도 안된다.

"사는 게 힘들어졌어… 너무나도 각박하구만."

"…형님……."

"어떻게든 녀석이 청진그룹을 차지하는 걸 막아야 하네. 하지만 그렇게 하기 위해선… 강오선 녀석이 주도했던 그 사건처럼 뭔가 커다란 건수가 필요할 터인데……."

한경배 회장이 노리는 건 오로지 하나뿐이다.

남우진의 실각.

단지 그뿐이다.

하나 실각을 논하기 위해선 명분이 필요하다.

그 명분이 갖춰지기 전까진 한경배 회장도 남우진에게 마냥 전선에서 물러나라 주장할 수도 없다.

사람됨이 옳지 못하다는 걸 이유로 들먹여 봤자 합당한 명분이나 증거가 없으면 아무런 소용이 없다.

우리나라가 괜히 증거재판주의를 취하고 있는 게 아니다.

증거가 될 수 있는 확실한 무언가가 필요하다.

"남우진, 그 녀석이라면 분명 뭔가 있을 텐데……."

한경배 회장이 골똘히 생각에 잠겨본다.

비록 몸도 약해지고 체력도 많이 줄어들긴 했으나, 아직까지 그에게는 생각할 수 있는 머리가 존재한다.

그때, 서진구가 조심스럽게 입을 연다.

"이민철 부장이 뭔가를 발견한 모양인가 봅니다."

"…뭐라고?"

서진구의 말에 한경배 회장의 시선이 절로 그를 향해 돌아간다.

"조만간 한번 찾아뵙겠다고 합니다. 그 말을 전해 드리기 위해 왔습니다."

"…그렇군."

서진구의 말을 들음과 동시에…….

한경배 회장의 입가에 짙은 미소가 새겨진다.

제2장

수색

퇴근 시간을 훌쩍 넘긴 저녁 9시.

총괄기획부 사무실에도 몇몇 사원이 남아서 한창 업무를
보고 있었다.

외근 때문에 퇴근 시간 이전부터 일찌감치 자리를 비운 조
실장을 포함해 화연, 태희, 그리고 기남을 비롯해 신입 사원
몇몇도 이미 퇴근한 지 오래다.

사무실에 있는 사람이라고 해봤자 민철과 도안, 그리고 이
번에 강력한 엘리트 신입 사원 후보로 거론되고 있는 고지서
뿐이었다.

조 실장의 인맥과 민철의 후광에 힘을 받아 고지서는 타 부서에서 버티고 있는 쟁쟁한 후보들보다도 높은 선호도 수치를 달리고 있었다.

아마 별다른 문제가 생기지 않는 이상, 고지서가 엘리트 신입 사원을 차지할 가능성이 크다.

만약 그렇게 된다면 총괄기획부 창립 이후 최초의 엘리트 신입 사원이 탄생하게 될 것이다.

그것은 곧 총괄기획부의 품격을 높여주는 계기로 작용하리라 예상된다.

"이민철 부장님, 여기 있습니다."

"아, 고마워요."

고지서가 민철에게 다가와 자신이 정리한 업무 자료들을 건네준다.

서류를 건네받은 민철이 늦은 시간까지 업무를 보고 있는 지서에게 퇴근해도 좋다는 말을 남긴다.

"굳이 이 시간까지 남아서 업무를 볼 필요는 없었는데… 슬슬 시간도 늦었으니 퇴근하세요."

"아닙니다. 오늘은 마침 다른 할 일들도 있고 해서 좀 더 하다가 가겠습니다. 이민철 부장님이야말로 요즘 들어 야근의 연속이신 거 같은데 건강을 생각해서 일찍 자택에 들어가시는 편이 어떠신가요, 내심 부장님이 쓰러지실까 걱정됩니다."

"하하, 이 정도는 아무것도 아닙니다."

민철이 가볍게 손을 내저으며 괜찮다는 제스처를 보인다.

한편, 자료 조사를 담은 종이 다발을 민철에게 건넨 뒤 다시 제자리로 돌아가 업무를 보기 시작하는 고지서.

지서의 걱정은 총괄기획부 모두를 대변하는 걱정거리이기도 하다.

총괄기획부는 사실 민철이 먹여 살리고 있다 해도 과언이 아니다.

물론 인맥망을 동원해 민철을 서포트하는 조 실장과 더불어 기남, 화연과 도안, 그리고 태희 등 유능한 사원이 많이 있다.

하지만 이들이 우수하다고는 해도 이민철이 보여주는 업무 소화 능력, 그리고 활약은 소위 말해서 넘사벽이라고 표현해도 전혀 부족함이 없었다.

게다가 한경배 회장의 뒤를 이을 인물이 될 거란 소문이 무성하게 돌면서 총괄기획부의 위상이 더욱 올라가고 있었다.

물론 남우진 부사장을 따르는 세력들에게는 더더욱 안 좋은 눈초리를 받게 되었다.

하나 남우진조차 민철을 함부로 건드리지 못하는 상황인데, 그 밑의 수하들이 감히 어찌 민철에게 시비를 걸 수 있겠는가.

게다가 민철은 최근, 비장의 한 수를 준비하느라 여념이 없었다.

강철호가 가져온 고청산업에 관한 자료들을 하나도 빠짐없이 꼼꼼하게 살핀다.

횡령에 관한 증거들을 더더욱 많이 확보해야 하기 때문이다.

원래는 민철이 개별적으로 조사하려던 고청산업 자료들이었지만, 횡령 사실이 나온 이상 감사팀이 엮이지 않을 수가 없게 되었다.

그래서 철호는 처음에 밝혔던 입장을 뒤집어 결국 적극적으로 고청산업 조사에 관여하기로 마음을 먹게 되었다.

사실 어느 세력이 최종적으로 승리를 거둘지 몰라 양발을 걸치려 했었다.

그러나 민철을 통해서 남우진 부사장의 횡령이 세상 밖에 드러나는 순간, 이 세력 다툼 게임은 끝난 것과 마찬가지가 된다.

물론 횡령 한 번으로 남우진에게 큰 한 방을 날릴 순 없을 것이다.

하나 이건 어디까지나 전과가 없는 남우진이라는 전제하에서 가능한 일이다.

이미 남우진은 전과를 지니고 있다.

바로 강오선 사건이다.

비록 남우진이 실제로 그 사건과 연관이 없다고는 하나, 그의 오른팔이라 불린 장진석 전무가 연루된 건 꽤나 타격이 컸다.

심지어 사건을 일으킨 장본인 아니겠는가.

부하의 잘못을 눈치채지 못했다는 이유 하나만으로도 남우진은 이미지에 큰 타격을 입을 수밖에 없었다.

그런데 여기에 더해 고청산업의 횡령 사건이 벌어진다면?

게다가 또 장진석이 연관되어 있다.

이번에는 남우진도 횡령에 가담했다는 증거들도 여럿 나오고 있었다. 실제로 남우진이 결재 승인을 한 내역서도 있지만, 할당된 자금의 행방은 여전히 모호하다.

분명 어디론가 몰래 빼돌렸을 것이다.

개인 돈도 아닌, 회사 돈을 빼돌렸다고 한다면 이건 분명 큰 문제였다.

이미 철호의 협력에 의해 다수의 증거도 확보했다.

이번 기회에 남우진 일당을 완전히 압박할 수 있을 것이다.

절벽으로 내몰린 남우진.

그의 등을 떠미느냐 마느냐의 선택권은 민철에게 쥐어져 있다.

이 자료들을 어떻게 해야 보다 효율적으로 활용할 수 있을까.

그런 고민에 취하고 있던 와중에, 지서의 목소리가 들려온다.

"부장님, 저 먼저 들어가 보겠습니다."

"그래요. 수고 많았어요."

"네, 부장님도 슬슬 퇴근하시는 게 어떻습니까? 시간이 많이 늦었습니다."

"……."

민철의 시선이 모니터에 마련되어 있는 컴퓨터 시계로 향한다.

현재 시각, 저녁 11시.

지서에게 보고서를 받은 시점으로부터 2시간이나 지나 버린 것이다.

사무실에 남아 있는 인물은 변함없이 민철을 비롯해 도안, 그리고 이제 막 퇴근 준비를 하기 시작한 지서까지 다해서 총 3명이다.

"도안 씨는 퇴근 안 하나요?"

"……."

민철의 말을 들은 도안이 어색한 웃음을 지어 보인다.

"그래야지요. 이 부장님은요?"

"저도 지서 씨 말대로 이제 슬슬 정말 퇴근을 할까 해서
요."

"…그렇군요."

사실 민철은 남아서 더 업무를 볼까 하는 생각도 하고 있었
다.

하나 지서가 퇴근한다면 이야기가 달라진다.

만약 그가 퇴근을 하게 될 경우, 민철과 도안만이 사무실에
남게 된다.

도안은 아직 민철을 신뢰하지 않는다.

그는 비록 예전만큼의 분노를 아직도 간직하진 않고 있지
만, 언제든지 민철에게 위협을 가할 수 있는 남자다.

그래서 민철은 가급적이면 당분간 도안과 단둘만의 시간
을 가지는 걸 절대적으로 경계하고 있었다.

도안은 아직까지도 민철이 10클래스 마법을 사용하고 있
을 거라 생각할 것이다.

공격을 해봤자 아무런 소용도 없다.

하지만 그건 어디까지나 화연이 몰래 숨어 민철을 대신해
10클래스 마법을 사용해 줬기에 가능한 일이었다.

지금 이 자리엔 화연이 근처에 잠복해 있지 않다.

그렇다면 가급적 도안과 한 공간을 공유하는 건 피해야 하
지 않겠는가.

"전 조금만 더 일하다가 퇴근하겠습니다."

도안은 여전히 처리해야 할 업무가 남은 모양인지 잔류를 선택한다.

결국 도안을 남겨두고 회사를 빠져나오는 민철과 지서.

본래 지서는 지하철을 타고 출퇴근을 하지만, 마침 민철의 집 방향과 같은 선상에 놓여 있는 터라 그의 차를 얻어 타게 되었다.

운전대를 잡으며 밤거리를 달리는 민철의 차량.

옆에 앉은 채 스마트폰을 매만지던 지서가 조심스럽게 말을 걸어본다.

"부장님… 최근에 뭔가 많이 바쁘신 거 같습니다."

"그렇게 보였나요?"

"예. 조 실장이 혼자서 처리할 업무 같은 거 있으면 저희 신입들에게 좀 분담해 주는 것도 나쁘지 않을 거 같다고 매번 말을 했습니다만… 그러다가 이 부장님 쓰러지면 골치 아프다고도 말하더라고요."

"하하하, 조 실장님답군요."

민철이 신혼여행을 갔을 당시엔 이미 예고된 부재였기 때문에 장황하게 그의 빈자리를 채워줄 지침서를 남겨둘 수 있었지만, 과로로 인해 쓰러지면 저번처럼 지침서를 따로 남겨둘 수 없게 된다.

그렇게 되면 고생하는 건 총괄기획부 팀원들이다.

"쓰러질 정도로 과도하게 일을 하거나 그러진 않으니 너무 걱정하지 말라고 나중에 전해주세요."

"네, 알겠습니다."

요즘 들어 조 실장과 따로 이야기할 시간도 가지지 못했다.

총괄기획부 내에서 가장 업무량이 많은 민철과 외근이 잦은 조 실장이기에 점심식사 같이 하는 것조차 어려운 경우가 꽤 있었다.

그래서 혹시 몰라 이렇게 지서를 통해 대신 말을 전해달라고 한 것이다.

"……."

신호등에 마침 딱 걸린 탓에 잠시 차량을 정차하는 민철.

생각을 해보니 지서는 부서 내에서도 유독 도안을 따르는 사원이기도 하다.

"도안 씨는 요즘 어떤가요?"

"도안 선배요?"

"네. 얼마 전에 갑자기 뭔가 분위기가 달라졌다거나 하는 그런 건 없었나요."

"아……."

이제야 생각이 난 모양인지 가볍게 탄성을 자아내던 지서가 얼마 전의 일을 떠올린다.

"그러고 보니까… 왜인지 모르겠지만, 하루 종일 뭔가 축처진 날이 있었어요. 본래 도안 씨는 활기차고 긍정적인 사람이라고 생각했는데… 그런 모습은 입사 이후로 처음 본지라 좀 당황했습니다."

"그렇군요."

아마 민철의 정체를 알고 난 다음 날이 아닐까 추정된다.

"그래도 그 이후에는 많이 기운 차린 거 같아요. 개인사라고 생각해서 무슨 일인지 구체적으로 묻진 않았지만… 그래도 이제는 괜찮다고 하더라고요."

"괜찮다라……."

과연 정말 괜찮은 걸까.

민철은 사실 아직까지 도안을 100% 신용하고 있지 않다.

물론 도안도 마찬가지다.

서로 완벽한 신뢰 관계를 구축하기 전까진 필수적으로 서로를 견제해야 하는 마음을 지니고 있어야 한다.

그러나 지서의 다음 이어질 말은 민철이 생각했던 것과 전혀 다른 방향을 지니고 있었다.

"그래도 팀원들을 위해서 열심히 일하는 이민철 부장님에 대해서는 늘 존경하는 마음을 가지고 있다 하더라고요."

"도안 씨가요?"

"네. 최근에도 같이 밥 먹으면서 들었어요. 이민철이란 사람의 속내가 어떤지는 잘 모르겠지만, 그래도 겉으로 보이는 모습을 놓고 평가하자면 결코 나쁜 사람은 아닌 거 같다고 말한 적이 있습니다."

"…그렇군요."

"그리고 나쁜 사람은 아닌 거 같으니 저보고 이민철 부장님을 모티브로 삼아 좀 더 회사 생활에 정진하라고 했어요."

"도안 씨가 그런 말을……."

확실히 그렇게 느껴질지도 모른다.

민철이 도안에게 처음 자신의 정체가 레이폰 더 데스사이드라는 걸 밝힐 당시, 민철은 분명 이렇게 이야기했다.

이 세계는 레디너스와 달리 전쟁과 투쟁의 시대가 아닌, 평화의 시대라고.

그래서 딱히 일부러 이 평화의 시대를 망가뜨리는 일을 할필요도, 그리고 할 이유도 없다.

이대로 평화롭게 살면 그만 아니겠는가.

민철도 레디너스 대륙에 있었을 당시에는 달변가라 불렸지만, 전쟁광이라든지 아니면 싸움꾼이라는 별명이 붙었던 적은 없었다.

오히려 민철은 전쟁을 싫어한다.

필요에 따라 어쩔 수 없이 전쟁이란 수단을 꺼내 들었을 뿐이지, 일부러 전쟁을 조장하고 싶진 않았다.

번거롭기도 할뿐더러, 전쟁을 해봤자 쌍방 간에 막대한 손실만 입을 뿐이다.

국가적으로도 크게 기반이 뒤흔들릴 만한 일이기 때문에 민철은 전쟁보다 차라리 자신의 장기인 화술을 통한 협상으로 국가 간의 문제를 해결하는 걸 더 선호했다.

도안도 그 점을 잘 알고 있다.

그래서 레이폰 더 데스사이드란 인물은 상당히 싫어하지만, 이민철이란 인물에 대해선 나름 호감을 가지고 있는 것이다.

'내가 생각했던 것보다 더 빠르게 신뢰를 얻을 수 있을지도 모르겠군.'

9클래스를 마스터한 천재 마법사, 레이너 슈발츠가 정말로 그의 편이 될지도 모른다.

그런 생각이 들자 민철의 입가에 절로 미소가 새겨진다.

* * *

한경배 회장의 저택.

그의 생신 파티 이후로 오랜만에 이곳에 들르게 된 민철이 다시 한 번 저택의 전경을 바라본다.

'올 때마다 느끼는 거지만… 정말 잘 꾸며져 있단 말이야. "

체린과의 신혼집도 이런 식으로 마련할걸, 하는 후회도 들지만 젊은 신혼부부가 이런 사치를 부릴 순 없다.

물론 돈은 된다.

그러나 이 저택처럼 있는 집이란 티를 팍팍 내고 싶진 않다.

아직까지 젊은 민철과 체린에게 필요한 건 사치가 아니라 겸손이니까.

민철의 뒤를 이어 차량에서 하차한 또 다른 남자, 강철호가 작은 탄식을 자아낸다.

"이곳이 한경배 회장님의 저택……!"

그는 여기에 처음 와본다.

올 일도 없었을뿐더러, 올 만한 지위나 짬이 되지 않는다.

그럼에도 불구하고 그가 이곳에 온 이유는 단 하나다.

바로 고청산업 횡령에 관한 사실과 증거를 한경배 회장의 앞에서 보고하기 위함이다.

"서진구 부사장님도 이미 도착해 안에 계시다는 연락을 받았습니다. 들어가시지요."

"아… 네!"

잔뜩 긴장한 강철호가 그의 뒤를 따른다.

감사팀에 근무하면서 사내 비리나 부정행위에 대해 여러모로 많은 조사와 처리를 담당해 오던 강철호였으나…….

남우진이라는 거물급이 연관된 문제는 처음 다뤄본다.

민철과 함께 저택 안으로 들어서는 강철호.

그러자 기다리고 있었다는 듯이 한 아리따운 여인이 고개를 숙여 인사를 건넨다.

"오랜만이에요, 이민철 부장님."

"오랜만입니다. 그간 잘 지내셨나요?"

"네, 덕분에요."

여유로운 미소를 건네는 여인, 한예지.

그녀의 정체를 알고 있는 강철호도 얼떨결에 같이 인사한다.

"이분은……."

"감사팀의 강철호 팀장이라고, 이번에 저와 함께 고청산업 비리 문제를 조사해 주신 분입니다."

"아… 그분이시군요. 말씀 많이 들었어요."

예지가 선뜻 손을 내밀자, 철호가 잔뜩 긴장한 표정으로 최대한 가볍게 예지의 손을 잡아준다.

"민철 씨에게 많은 힘이 되어주셨다고 들었어요."

"아, 아닙니다. 전 그저 제가 해야 할 일을 한 것뿐인걸요!"

"호호, 그렇게 말씀해 주시니 더욱 믿음직스럽네요."

청진그룹 내의 감사팀은 상당히 강한 권력을 지니고 있다.

부정행위에 대해선 한 치도 용납하지 않겠다는 한경배 회장의 경영 철칙 덕분이다.

그런데 남우진이 이번 고청산업 횡령 사건에 연관되어 있다고 한다면…….

빼도 박도 못할 타격을 받게 될 것이다.

"안으로 들어오세요. 두 분 다 기다리고 계세요."

"예."

기운차게 대답하며 예지의 뒤를 따르는 두 청년.

거실로 들어서자, 휠체어에 몸을 실은 한경배 회장에게 먼저 인사를 건넨다.

"오랜만에 뵙습니다, 회장님. 그간 잘 지내셨습니까?"

"…죽지 못해 살고 있는 느낌이지. 그나저나 진구 녀석이 나에게 말해준 것들이 전부 사실인가?"

한경배 회장이 다짜고짜 민철에게 고청산업 횡령 문제가 진짜인지 묻는다.

그러자 민철이 고개를 끄덕여 주며 대답한다.

"네, 맞습니다."

"어허… 거 참… 그렇게나 공금을 빼돌리지 말라고 강조했거늘……."

"돈의 유혹에 견딜 수 있는 사람이 몇이나 되겠습니까."

"쯧쯧쯧……."

"우선 증거 자료들을 모아 왔습니다. 한번 보시지요."

고청산업 횡령 사건은 한경배 회장과 서진구, 두 사람에게 공유할 필요가 있다.

강오선 사건 때에도 그랬고, 장진석 전무의 내통 사건도 마찬가지였다.

자신이 독단적으로 모든 일을 진행한다면 그것도 그것 나름대로 좋지 않은 시선을 받게 된다.

그래서 우선은 처벌 여부를 논하기 전에 이들에게 먼저 자신이 조사한 정보를 공유하고자 결심하게 되었다.

"강 팀장님, 부탁드리겠습니다."

"예, 이 부장님."

주섬주섬 자신이 챙겨 온 자료들을 한경배 회장과 서진구에게 배포한다.

증거 자료들을 건네받은 두 사람의 시선이 가늘어진다.

이윽고 10분 후.

"이거 참……."

서진구의 안면이 굳어진다.

사람은 늘 돈 앞에 약해지는 법이다.

하나 그렇다 하더라도 적어도 돈에 지배당하지는 말아야 한다.

남우진과 그의 잔당들은 이미 돈에 눈이 멀어 하지 말아야 할 일들을 서슴지 않고 진행해 왔다.

그중 하나가 바로 한경배 회장이 그토록 하지 말라 강조했던 부정 행각, 횡령이다.

"강오선 사건에… 장진석 내통에… 심지어 횡령까지. 가지 가지 하는구만."

서진구가 자신도 모르게 혀를 찬다.

남우진은 능력이 출중한 사람이다.

그럼에도 불구하고 돈과 권력에 눈이 멀어 이런 행각들을 펼쳤다는 것 자체가 안타까운 일이 아닐까 싶다.

한편.

말문을 닫고 있던 한경배 회장이 테이블 위에 서류 다발을 내려놓는다.

그러면서 동시에 민철을 향해 묻는다.

"그래… 자네는 이 자료들을 어떻게 활용할 것인가?"

"선택지는 두 가지가 있습니다. 공적으로 사내에 있는 모든 간부, 혹은 언론 매체를 동원해 이 모든 사실을 외부에 드러냅니다. 그래서 남우진 부사장의 실각을 유도하는 게 첫 번째 선택지입니다."

"실각이라……."

그간 청진전자를 이끌어왔던 우두머리다.

비록 욕망에 사로잡힌 그지만, 능력 하나는 출중하다.

청진그룹에서 가장 높은 선호도와 수익을 자랑하는 게 바로 청진전자다.

남우진이 거의 만들다시피 이뤄온 공든 탑인데, 이제 와서 그를 내팽개치자니 한경배 회장과 서진구의 마음도 불편할 수밖에 없다.

그리고 그건 민철도 잘 알고 있는 사실이다.

"만약 남우진 부사장이 실각되면, 그 후폭풍은 결코 긍정적이라고 보기 힘듭니다. 남우진 부사장을 따르는 사람들 중에는 유능한 인재가 많습니다. 만약 남우진 부사장이 떠나게 된다면 그들 역시 청진그룹에 등을 돌릴 가능성도 큽니다."

"확실히… 그건 악영향이지."

한경배 회장이 고개를 끄덕인다.

기업을 키워가는 건 우수한 인재다.

그 말을 슬로건으로 내걸며 청진그룹을 키워온 그다.

사람의 중요성을 모를 리가 없을 것이다.

"그래서 두 번째 선택지를 고를까 생각 중입니다."

"그건 뭔가?"

서진구가 민철의 생각을 조금이라도 빨리 듣고 싶다는 듯이 재촉한다.

잠시 호흡을 고른 민철이 자신의 계획을 들려준다.

"남우진 부사장과 '협상'을 하는 겁니다."

"협상?"

"예, 그렇습니다."

의외의 단어가 튀어나왔다.

협상이라니.

그 단어가 무엇을 뜻하는지 정확하게 파악하기 힘든 한경배 회장과 서진구가 민철의 다음 이어질 말을 기다린다.

"남우진 부사장은 초강수로 '청진전자의 독립'을 꾀하고 있습니다. 혹시 알고 계신가요."

"음⋯⋯."

"⋯어렴풋이 그럴 수도 있다는 생각도 했네."

두 사람도 청진전자의 독립을 예상하지 못한 건 전혀 아니다.

남우진이라면 충분히 그럴 가능성도 있다.

하나 그가 독립이란 초강수를 언급하면서도 그걸 실천으로 옮기지 못하는 이유는 따로 있다.

바로 남우진이 '가해자 입장'이기 때문이다.

"장진석 전부 내통 사건으로 인해 남우진 부사장은 졸지에 청진그룹에 지대한 이미지 타격을 입힌 강오선 사건의 가해자 입장이 되어버렸습니다. 다시 말해서 남우진 부사장은 독립할 수 있는 '명분'이 없지요."

"그렇다면 청진전자의 독립이라는 한 수도 무시하면 될 일 아니겠나?"

서진구가 자신의 솔직한 생각을 들려주지만, 그에 대한 답변은 민철이 아닌 한경배 회장으로부터 나온다.

"시간이 모든 걸 해결해 주기 때문에 그건 별로 쓸모가 없는 제약에 불과해."

"시간… 말입니까?"

"그래. 가해자 입장이 되고, 명분이 없다 하더라도 그건 어디까지나 '지금 당장' 의 일일 뿐이지, 조금만 더 시간이 지나게 된다면 장진석 전무 사건도 사람들 사이에서 잊어지게 될 거야. 그것도 아주 빠른 속도로."

"……."

그나마 장진석 전무의 내통 사건이 아직까지도 남우진 부사장에게 족쇄 역할을 할 수 있었던 것은 바로 한경배 회장 덕분이다.

그는 민철과 서진구, 두 사람에게 이렇게 말했다.

자신이 남우진을 물고 늘어지겠다고.

그것은 즉, 최대한 남우진의 가해자 입장을 오랫동안 유지시키겠다는 말과도 같다.

하나 그것도 이제는 슬슬 한계에 다다르게 되었다.

시간은 결국 남우진의 편이고, 특단의 조치를 취하지 않는다면 결국 남우진은 독립을 선언할지도 모른다.

청진전자의 지분도 그만큼 충분히 가지고 있으니 말이다.

그리고 지분 싸움으로 들어가게 되면 괜히 일만 번거롭게 된다.

민철이 생각하는 가장 이상적인 방법.

그것은 바로…….

"남우진 세력과 대통합을 이루고자 합니다."

"대통합이라니… 설마 남우진, 그 녀석과 화합을 하겠다는 건가?"

"네, 맞습니다."

서진구의 동공이 크게 확장된다.

남우진 세력은 한경배 세력의 주적이다.

여태 그래왔고, 앞으로도 그럴 것이다.

그럼에도 불구하고 화합이라니.

"전 남우진 부사장을 결코 나쁜 사람이라 보지 않습니다. 청진전자를 키워온 안목과 능력이 있으며 무엇보다 그를 따르는 사람 중에 출중한 인재가 매우 많습니다. 전 그들까지 전부 포용하고 싶습니다."

"물론 그게 가장 이상적이긴 하나… 과연 가능한 일일까?"

서진구가 의구심을 자아낸다.

남우진과 한경배 회장.

두 사람이 충돌하게 된 이유는 간단하다.

청진그룹을 이끌어가고자 하는 방향성이 달랐기 때문이다.

한경배 회장은 어디까지나 청진그룹은 글로벌 대기업으로서 벌어들인 게 있으면 베풀 줄도 알아야 한다는 걸 매번 강조해 왔다.

그리고 돈보다 사람을 우선시한다.

그의 방향성은 청진그룹 초창기 때, 많은 성과를 이뤄냈다.

하나 시대가 변모할수록 기업 역시 바뀌어야 한다.

그래서 남우진은 어느 정도 자본을 우선시하는 것이 좋다는 의견을 내세우게 되었다.

지금은 비록 청진전자가 자본주의 사회에서 경제력, 영향력 등 각종 분야에서 압도적인 1위로 자리매김을 하게 되었지만, 후발 주자들의 성장 또한 매섭다.

언젠가는 청진그룹도 이 후발 주자들에게 정상의 자리를 빼앗길지도 모른다.

그래서 남우진 부사장은 한경배 회장의 생각이 안일하다고 느껴왔다.

이 시대는 경쟁 사회다.

때로는 살아남기 위해서라도… 그리고 정상의 자리를 유지하기 위해서라도 대기업으로서의 위압감을 보여줄 필요가 있다.

그게 바로 남우진의 방향성이다.

서로 맞지 않는 두 방향성은 물과 기름처럼 섞이지 않게 되었고, 결국은 충돌이란 결과를 가져오게 되었다.

그리고 그 결과가 지금까지 이어져 온 것이다.

"화합이라… 남우진, 그 녀석이 과연 받아들여 줄까?"

한경배 회장이 의구심을 자아낸다.

남우진과 자신이 추구하는 이상향은 너무나도 다르다.

그러나 그건 어디까지나 두 사람의 이상향일 뿐이다.

"회장님을 비롯해 서진구 부사장님께 이번에 드리고 싶은 말이 있었습니다."

"…뭔가?"

한경배 회장이 민철을 응시한다.

지금까지 민철은 수면 위로 올라온 적이 없다.

모든 일을 하더라도 보이지 않는 곳에서, 그리고 앞이 아닌 뒤에서 대다수의 일처리를 해왔다.

그러나…….

이젠 그것도 끝이다.

"제가 직접 전면에 나서서 오랫동안 품어왔던 갈등을 해결하고자 합니다."

청진그룹은 이제 한경배 회장의 것도, 남우진 부사장의 것도 아니다.

오로지…….

이민철, 이 남자의 것이다.

                    *   *   *

　선택지는 지극히 간단하다.

　고청산업 횡령 문제를 외부로 터뜨리느냐, 터뜨리지 않고
남우진과 단둘이 조용하게 해결을 보느냐.

　그 두 가지다.

　어느 선택지를 고르느냐에 따라 남우진을 자신의 아군으
로 만드느냐, 아니면 적군으로 만드느냐가 결정된다.

　민철의 선택은 당연히 아군 쪽으로 기운다.

　"전 남우진 부사장까지 같이 끌고 가고 싶습니다."

　"……."

　그의 돌발 발언에 한경배 회장과 서진구의 표정이 미묘하
게 바뀐다.

　남우진은 이들과 의견을 달리하는 대표적인 인물이다.

　그런데 그자까지 포용하고 가겠다니?

　"가능한 일이라고 생각하나 보구만."

　한경배 회장이 눈을 가늘게 뜨며 말한다.

　민철이 이런 말을 하는 의도가 무엇인지 한경배 회장도 잘
알고 있다.

　남우진은 우수한 인재다.

더불어 그의 휘하에는 그의 아들인 남성진을 비롯해 대한민국… 아니, 전 세계 어디에 내놓아도 그 능력을 인정받을 만한 인재가 다수 포진되어 있다.

　이들을 버린다는 건, 다시 말해서 청진그룹의 경쟁력 약화를 뜻한다.

　또한 남우진의 이탈은 곧 청진그룹의 강력한 경쟁사를 하나 더 만들어내는 것과 같은 이치다.

　결국 남우진이 독립을 한다는 건, 청진그룹의 약화와 더불어 귀찮은 적 하나를 만들어버리게 되는 것이다.

　하지만 남우진을 계속해서 독려하고 끌고 간다면, 이 두 가지 우려를 단번에 없앨 수 있다.

　"하지만 회사 방침을 바꾸는 건 내가 이룩한 청진그룹을 없애 버리겠다는 뜻 아닌가?"

　"예, 맞습니다."

　"……."

　사실 민철은 한경배 회장과 서진구에게 고청산업에 연관된 비리를 보고하려고 온 게 아니다.

　두 사람을 설득하기 위해 온 것이다.

　"자네의 의도를 진작부터 알아차렸어야 했는데… 내가 너무 간과했군."

　한경배 회장의 말속에 왠지 모를 냉랭함이 어린다.

그는 민철에게 자신의 회사를 물려주려 했다.

이민철이라면 자신이 원하는 방침대로 청진그룹을 올바르게 이끌어줄 수 있을 거라고 생각했기 때문이다.

그래서 남우진과 말도 안 되는 언쟁을 펼치면서 여기까지 왔다.

그런데 이제 와서 남우진의 뜻을 수용하겠다니.

만약 정말로 그렇게 하겠다면, 한경배 회장은 그간 헛수고를 한 셈이다.

"남우진 부사장과 방향성을 같게 한다는 뜻이 아닙니다. 어디까지나 그의 의견을 일부 수용한다는 의미로 받아들여 주셨으면 좋겠습니다."

"의견을 수용한단 말이지……."

"영리적인 면을 추구해야 이 업계에서 계속 톱의 자리를 차지할 수 있습니다."

"1등 자리를 계속 고수해서 어떠한 의미가 있지?"

"자고로 회사라 함은 이윤을 추구하는 영리기업입니다. 회사가 잘되어야 사원들도, 그리고 그들의 가족들도 생활에 지장 없이 편하게 먹고살 수 있습니다. 청진그룹은 당분간 자본주의 사회에서 넘볼 수 없는 절대자의 지위를 이어가야 합니다. 다른 기업이 청진그룹을 뛰어넘어 자본주의의 상징이 되고, 멋대로 대기업의 횡포를 부린다면 타 기업들도 자금으로

장난치고 횡포를 부리는 그 대기업을 모티브로 삼아 똑같이
행동할 가능성이 큽니다. 업계 1위라는 건 결국 특정한 분야
를 상징하고 대변하는 존재와 같기 때문입니다. 우리도 저렇
게 해야 1등이 될 수 있구나 하는 헛된 오해와 착각을 심어주
는 꼴이 되지요."

"…계속 말해보게."

"청진그룹은 그나마 이 자본주의 사회에서 청렴과 깨끗함
을 유지하고 성장해 온 결과물입니다. 하나 언제까지 이런 방
침으로 1위의 자리를 유지할 순 없습니다. 돈밖에 모르는 속
물들이 업계 1위를 차지해 기업이란 이런 거라며 안 좋은 모
습을 대중들에게 보이는 것보다 차라리 청진그룹이 1위를 지
켜가며 대기업이란 이런 거라는 비전을 제시하는 선구자 역
할을 하는 게 더 나으리라고 봅니다. 그래야 이 물질만능주의
현상이 좀 더 완화되지 않을까요?"

"……."

"돈에 지배당해선 안 된다… 회장님께서 저에게 알려주신
이 말을 실천으로 옮겨 보이도록 하겠습니다."

이민철은 한경배 회장이 보아온 사람 중에서도 가장 특이
한 남자다.

돈의 유혹에도 굳건히 버티고 자신의 소신을 지켜왔다.

소위 말해서 배경이 창창한 엘리트들을 제치고 오로지 실

력 하나만으로 이들을 격파해 왔다.

그리고 이 자리까지 올라섰다.

민철의 말은 허세가 아니다.

실현 가능한 말들뿐이었다.

청진그룹 하나만 깨끗함을 유지해 봤자 물질만능주의 풍토는 결코 바뀌지 않을 것이다.

그렇다면 민철의 말대로 청진그룹이 글로벌 대기업 1인자라는 자리를 고수하며 밑의 기업들에게 올바른 비전을 제시하는 편이 더 좋지 않을까.

청진그룹뿐만이 아니라 전 세계의 모든 기업들이 본받을 수 있는 모범 대기업!

그 자리에 청진그룹이 올라서는 일이다.

"예전부터 생각해 오던 거지만……."

한경배 회장의 입가에 주름진 미소가 새겨진다.

"자네는 정말 말 하나는 기가 막히게 잘하는 거 같군."

"칭찬 감사합니다, 회장님."

"사실 나도 늘 이런 자괴감을 가지고 있었네. 청진그룹 하나만 깨끗해 봤자 이 세상의 사회적 풍토에 아무런 도움이 되지 않을 거라고. 하지만 장기적으로도 계속해서 대기업 서열 1순위로 집권해, 모범적인 성공 사례로 계속해서 남는 것으로서 다른 기업들에게 비전을 제시한다는 것까진 생각해 보

지 못했지. 난 오로지 이 청진그룹 하나만을 생각해 왔으니
말이야…….”

옅은 웃음소리를 흘리는 한경배 회장.

이윽고 민철을 향해 시선을 고정시킨다.

“자네는 역시 나 같은 노인네와 차원이 달라! 애초에 내가
품을 그릇이 아니었군.”

“과찬이십니다.”

“아닐세… 한정적인 시야를 가진 나보다 훨씬 넓은 시야를
가진 자네야말로… 청진그룹을 이끌어갈 총수 자리에 어울리
겠지.”

남우진의 방향성과 한경배 회장의 방향성을 동시에 충족
시킨다.

이민철이 아니고선 해낼 수 없는 일이다.

“자네 말에 따르도록 하지.”

“감사합니다, 회장님.”

“그리고…….”

아직 해결해야 할 일이 하나 더 남았다.

“난 더 이상 회사를 이끌어갈 몸이 아니네. 건강상의 문제
도 있을뿐더러, 내가 오래 회장직을 가지고 있으면 있을수
록 후발 주자에게 넘겨줄 기회를 빼앗는 셈이 되는 거지. 그
래서 이제 슬슬 본격적으로 자네에게 이 자리를 물려주려고

하네."

"회장님……."

"당분간 서진구가 회장 대리로 내 빈자리를 맡아줄 걸세.
이제부터 자네는 진구한테 인수인계를 받으며 어엿한 회장으
로 성장하면 되네. 알겠나?"

"예, 알겠습니다."

암묵적으로 내정되었던 차기 회장 자리.

그 지위에 드디어 이민철이란 이름이 걸리게 된다.

앞에 있는 이민철의 손을 잡아주는 한경배 회장.

그가 민철에게 마지막 부탁을 들려준다.

"청진그룹을 잘 이끌어주게."

*　　　*　　　*

"그럼… 이민철 부장님이 이제 본격적으로 차기 회장 자리
를 차지하게 된 겁니까?"

이한선이 놀란 눈으로 민철을 바라본다.

물론 이들과 같이 합석을 하고 있던 강오선 또한 마찬가지
였다.

별 볼 일 없던 일개 부장이 설마 차기 회장이라니?

너무나도 놀란 나머지 들고 있던 숟가락을 떨어뜨릴 뻔한

강오선이었다.

"그게… 저, 정말인가?"

믿기지가 않아 다시 한 번 묻자, 민철이 고개를 끄덕인다.

"예, 곧 있을 주주총회에서 공식적으로 선임될 예정입니다."

"어허… 믿을 수가 없구만……."

"조만간 제 말이 사실이라는 걸 알게 되실 겁니다. 곧 오실 분에 의해서 말이죠."

고급 한식집에 자리를 잡은 세 남자.

이들의 뒤를 이어 개인 사정상 잠시 늦게 도착하게 된 한 명의 여인이 모습을 드러낸다.

"미안해요, 민철 씨. 제가 너무 늦었나 보군요."

"아닙니다. 자, 이쪽으로 앉으시죠."

세 남자들 앞에 등장한 인물은 바로 한경배 회장의 손녀딸인 한예지였다.

그녀가 누구인지 강오선도, 그리고 이한선도 잘 알고 있다.

특히나 강오선은 그녀에게 고개조차 들지 못할 죄를 저지르고 말았다.

"이거 참… 난감한 인물을 모셔 왔군……."

강오선이 절로 예지의 시선을 회피한다.

그는 한경배 회장과 한예지, 두 사람을 대놓고 저격했다.

그 결과 청진그룹은 꽤나 큰 이미지 타격을 입긴 했지만, 뒷수습이 제법 깔끔하게 된 편이라 하락했던 청진그룹의 주가도 다시 원상태로 회복되었다.

하나 예지의 가슴에 새겨진 상처는 아물지 않을 것이다.

그 덕분에 강오선은 차마 그녀와 눈조차 마주칠 수 없었다.

그러나 오히려 예지가 강오선에게 괜찮다는 말을 해준다.

"너무 그렇게 부담 가지지 마세요. 강 의원님은 그저 장진석 전무의 사주에 의해 행동했을 뿐이잖아요. 그렇죠?"

"……."

"전 그렇게 알고 있을 거예요. 그리고 이제부터… 협업을 해야 할 사이가 될 텐데 서로 걸리적거리는 요소가 있으면 안 되잖아요."

"…맞습니다."

한예지란 여성이 언제부터 이런 의연한 태도도 취할 수 있게 되었을까.

강오선이 알고 있는 한예지는 심약한 면이 있었다.

하나 알고 있던 것과 다르게 지금의 예지는 과거의 아픈 상처도 이제는 대수롭지 않게 여길 만큼 시원스런 면모를 보여주고 있었다.

시련과 아픔은 사람을 더욱 성장하게 만든다.

지금까지 한경배 회장의 보호 아래에 큰 문제 없이 자라온 손녀, 한예지는 처음 겪게 된 강오선 사건을 통해서 한층 더 성장했다.

그리고 동시에 자신의 그릇을 깨닫고, 앞으로 어떤 역할을 해야 할지도 잘 알게 되었다.

그녀는 한경배 회장의 분신으로서 직접 행사에 참가하고 회장의 말을 전하는 전령사 역할을 할 예정이다.

다른 누구도 아닌 한경배 회장의 손녀딸이 대리로 참석했다면 큰 태클이 들어오진 않을 것이다.

그와 동시에 앞으로 민철을 보좌하며 그가 한경배 회장의 뒤를 이을 차기 회장으로 내정되었음을 직접적으로, 그리고 간접적으로 알리고 다닐 예정이다.

한경배 회장이 말로만 이민철을 자신의 후임으로 내정했다는 말을 해봤자 별다른 공신력이 없다.

그래서 당분간 한예지와 함께 활동할 것을 지시하게 되었다.

그녀와의 동행 자체가 민철에게 커다란 힘을 실어준다.

방금 전에 보여준 강오선과 이한선의 경우도 마찬가지다.

민철이 혼자서 차기 회장직을 차지하게 되었다고 말하는 것보다, 이렇게 전임 회장의 손녀딸이 직접 민철의 말에 동조해 주는 것이 보다 더 강한 신뢰를 준다.

그래도 혹시나 하는 생각을 품은 이한선이 넌지시 예지에게 질문 하나를 던져 본다.

"방금 전… 이민철 부장한테서 차기 회장직을 물려받게 되었다는 말을 듣던 참입니다만… 그게 사실인지요."

"네, 전부 다 맞는 말이에요."

겉옷을 벽에 걸어놓은 뒤 민철의 곁에 앉은 예지가 빙그레 웃으며 그 말이 사실임을 증명한다.

다른 누구도 아닌 한경배 회장의 손녀가 직접 말할 정도면, 결코 거짓은 아니리라.

"세상 참 오래 살고 볼 일이군요……."

이한선도, 그리고 강오선도 사실 '민철이 무슨 힘이 있길래' 하는 의심을 가지고 있었다.

그러나 이것으로 확실해졌다.

민철은 이제 그 누구보다도 강한 힘을 지니게 된 것이다.

제3장

정상회담

강남에 위치한 어느 중식 가게 앞.

"……."

청진전자를 맡고 있는 남자, 남우진이 굳은 표정으로 차량에서 하차한다.

연락을 받고 이곳에 오긴 했지만… 설마 서진구가 직접 만나고자 먼저 말을 걸어올 줄이야.

'또 무슨 말을 하고 싶어서 날 부른 걸까.'

본인을 타깃으로 한 한경배 회장의 공세도 이제는 슬슬 누그러지고 있었다.

그도 그럴 수밖에 없는 것이, 한경배 회장의 행동을 제약하는 가장 큰 장애가 바로 건강이다.

회사에 나와 자신과 논쟁을 펼치려면 건강상 다소 무리가 오는 것이었다.

남우진은 그저 버티고 있으면 된다.

시간은 결국 그의 편이니까.

그렇게 되면 자연스럽게 장진석 전무에 관련된 일도 잊어지게 될 것이다.

물론 장진석 전무 사건은 아마 평생 남우진의 뒤를 꼬리말처럼 따라다니게 될 것이다.

하지만 그게 무슨 상관인가.

과거의 망령이 되어버린 장진석이 남우진을 어찌할 수는 없을 것이다.

남우진은 현재와 미래를 본다.

언제까지 과거의 일에 사로잡혀 있을 생각 따위는 없다.

고급 중식 가게 안으로 들어서자, 종업원이 남우진에게 다가와 인사와 동시에 성함을 묻는다.

"남우진이라고 합니다."

"남우진 씨… 잠시만요."

명단을 눈으로 쭉 훑어보던 종업원이 카운터에서 나와 남우진을 안내한다.

"절 따라오세요."

"음……."

군말 없이 종업원을 따라 걷는 남우진.

룸 형태로 구성되어 있는 데다가 이 가게는 의외로 방음 처리도 잘되어 있다.

그래서 청진그룹 초창기 때에도 자주 애용하던 가게였다.

물론 좋은 만남보다 안 좋은 만남을 가질 때 많이 이용하던 가게이기에 내심 남우진은 불편한 심정을 지울 수가 없었다.

서진구와 단둘이 만나 이야기를 나눌 때에는 최근 들어서 그다지 좋은 이야기가 오간 적이 없었던 것으로 기억하고 있었기 때문이다.

'그나마 회장님이랑 직접 단둘이 만나는 것보다는 나은 편인가.'

그래도 한경배 회장보다 서진구 부사장이 말이 좀 통하는 편이다.

한동안 청진그룹에 연을 끊고 고아원을 운영하며 지내왔던 서진구였기에 한경배 회장보다는 남우진을 향한 분노가 그나마 덜하다.

물론 어디까지나 상대적인 이야기일 뿐이지, 서진구도 예전의 모습과 사뭇 달라진 남우진의 모습을 그다지 탐탁지 않게 생각하고 있는 건 마찬가지다.

과거의 남우진.

그는 성실함의 대표 주자이면서 동시에 청결함을 갖춘 깨끗한 인재였다.

그러나 점점 돈맛을 알아감에 따라 사람이 변해갔다.

아니, 돈맛보다는 돈의 위력을 깨닫게 되었다고 표현하는 편이 더 좋을지도 모른다.

물질만능주의.

그리고 자본주의 시대에서 돈은 가히 만병통치약이자 동시에 영생을 누리게 해주는 불로초(不老草) 같은 역할을 해준다.

돈은 곧 권력이요, 힘이다.

레디너스 대륙에서는 고클래스를 달성한 마법사, 그리고 뛰어난 검술을 지닌 검사가 강함의 상징이다.

그러나 이 시대는 돈을 많이 가진 자가 최강의 자리에 오를 수 있다.

남우진이 원하는 건 단 하나다.

최고.

남들의 머리 위에 군림하고 싶다.

단지 그뿐이다.

남자 종업원이 특정 룸 앞에 서며 문을 열어준다.

드르륵.

미닫이식으로 되어 있는 문을 열자, 앉아서 스마트폰을 매만지던 서진구가 남우진의 시야에 들어온다.

"그럼 좋은 시간 보내세요."

남자 종업원이 두 사람의 시간을 위해 먼저 스스로 퇴장한다.

서진구의 맞은편에 앉기 전.

남우진이 가볍게 서진구에게 고개를 숙이며 인사를 건넨 뒤에 자리에 앉는다.

그러면서 동시에 곧장 본론을 꺼낸다.

"저를 보자고 하신 이유가 무엇인지 알 수 있습니까."

"어허… 이 친구, 내가 청진그룹에 손을 떼고 있던 기간에 무슨 일이 있었는지 모르겠지만 성격도 급해졌구만. 예전 같지 않게 말이야."

"……"

예전의 남우진은 정말 순한 남자였다.

지금은 청진그룹을 관뒀지만, 남우진의 초창기 모습은 한때 민철의 선임이기도 했던 강태봉과 상당히 비슷한 스타일이었다.

그러나 지금은 다르다.

사회의 냉정함을 깨닫고, 자본주의 사회의 더러움을 공부했다.

그리고 지금의 남우진이 탄생하게 되었다.

"바쁜 일이라도 있는가 보구만."

서진구가 천천히 자신의 잔에 차를 따르기 시작한다.

그 모습을 지켜보고 있던 남우진이 무겁게 입을 연다.

"딱히 바쁘거나 한 일은 없습니다만……."

"자네가 이민철 부장의 뒤를 캐고 있다는 말을 들었네."

"……."

순간적으로 남우진의 눈이 날카로워진다.

정보가 어디서 새어 나간 것일까.

설마 우민오 실장이 자신을 배신하기라도…….

아니, 그건 있을 수 없다.

우민오 실장은 남우진의 심복이기도 하다.

그런 그가 함부로 외부에 자신의 정보를 발설했다고 보기에는 근거가 없다.

"자네를 따르는 사람들 중에서 특정 누군가가 '남우진이 이민철의 뒷조사를 의뢰했다'라고 나한테 이실직고한 적은 없으니 안심하게."

"…그럼 어떻게 아셨습니까?"

"뒷조사에 관해선 부정할 생각은 없나 보군."

"부정해 봤자 그저 핑곗거리만 늘어놓는 꼴이 되는 거 같아서 말입니다."

"하하, 자네의 그 점은 마음에 든단 말이야."

장진석 전무처럼 구차하게 변명을 늘어놓진 않는다.

인정할 건 인정하고 가는 게 바로 남우진이란 남자가 보여주는 삶의 방식이다.

"꼬리가 길면 잡힌다는 말이 있지 않은가."

"……."

"너무 무리한 조사는 자칫 다른 사람들에게 의심의 눈길을 살 수밖에 없는 법이지. 이민철 부장의 뒷조사를 하는 건 좋았으나, 그 정도가 너무 심했어. 안 그런가?"

서진구의 말에 남우진이 깊은 한숨을 내쉰다.

그러나 사실 뒷조사를 시킨 것 자체는 부정 행각이라는 범주에 들지 않는 일이다.

그저 이민철 부장이 뭔가 비리라든지 그런 걸 저질렀나 하는 것을 확인하기 위한 과정일 뿐이다.

"자네가 그토록 관심을 가지고 싶어 하는 이민철 부장이 나에게 한 가지 청을 해왔네."

"어떤 겁니까?"

"아무런 방해 없이 자네와 허심탄회하게 대화를 나눌 수 있는 자리를 마련해 달라 하더군."

"저에게 직접 부탁을 해왔으면 될 터인데 굳이 서진구 부사장님에게 그런 말을 전해달라고 한 이유를 모르겠군요."

"내가 직접 대신 말을 전해주겠다고 했으니까."

"……."

남우진에게 볼일이 있는 건 이민철뿐만이 아니다.

서진구 역시 마찬가지였다.

"저에게 뭔가 하고 싶은 말이라도 있으신 모양인가 보군요."

"그냥저냥 자네 얼굴 보면서 과거의 이야기도 잠시 하고 싶어서 말이야. 지금은 한경배 회장님에게 이런저런 잔소리를 듣고 있는 입장이지만, 자네도 청진그룹 초창기 때부터 이 회사를 위해 열심히 일해온 사람 아니겠는가."

"……."

"난 자네와 특별히 불화를 일으키면서까지 청진그룹을 두고 싸우고 싶은 생각은 없네. 어차피 나야 뭐 회사 소유권에는 애초에 관심도 없으니까. 지분도 없을뿐더러, 한경배 회장님이 전선에서 물러나게 되면 당분간 회장 대리직을 맡아 차기 회장이 제대로 자리를 잡을 때까지 도와주고 난 다시 고아원으로 돌아갈 생각이네."

"그렇군요."

서진구는 청진그룹에 대한 욕심이 없다.

남우진도 잘 알고 있는 사실이지만, 본인이 직접 다시 한 번 입으로 이 사실을 언급하는 건 분명 또 다른 목적이 있기 때문이리라.

"한경배 회장님의 뒤를 이어 누가 차기 회장으로 내정될지에 대해선 자네도 어렴풋이 짐작 가는 바가 있겠지?"

물론 없다고 한다면 그건 거짓말이다.

누가 봐도 이민철 아니겠는가.

이민철 말고는 현재 한경배 회장의 뒤를 이을 만한 재목으로 지정된 인물이 없다.

"저도 충분히 짐작이 가는 바가 있습니다."

"잘되었군. 그럼 내친김에 말하지."

서진구가 잠시 목소리를 가다듬으며 자신이 오늘 이 자리를 만들고자 한 이유를 언급한다.

"난 자네와 이민철 부장이 좋은 관계를 유지했으면 하네."

"그 말은 이민철 부장이 스스로 언급한 겁니까?"

"글쎄. 그건 만나서 직접 물어보면 되지 않겠는가?"

"……."

즉, 다시 말하자면 이민철 부장과 직접 만나보라는 뜻이다.

서진구가 이런 말을 넌지시 꺼내는 이유.

그리고 이민철의 의도.

이 모든 것이 남우진의 머릿속에서 퍼즐처럼 맞춰져 가기 시작한다.

"…알겠습니다."

남우진이 고개를 끄덕이며 민철과 만날 것을 다짐한다.

마지막 남은 퍼즐 한 조각은…….

이민철과 만나게 되면 얻게 될 것이다.

*   *   *

이한선과 강오선.

민철이 이 두 사람 앞에서 한예지를 소개시켜 준 건 사실 별거 없다.

자신이 차기 회장직으로 내정되었다는 사실을 알려주기 위함이다.

민철이 백번 말하는 것보다, 한경배 회장의 손녀딸인 한예지가 직접 모습을 드러내 민철의 말이 사실임을 알려주는 게 보다 더 설득력이 있다.

오늘을 기점으로 민철은 당분간 예지와 함께 여기저기를 다니면서 자신이 차기 회장이 될 것임을 공식적으로 알릴 예정이다.

하나.

예지와 동행하는 이 과정에서 예상치 못한 트러블이 발생하고 말았다.

사건은 민철이 퇴근한 뒤 집으로 귀가했을 당시 벌어졌다.

"민철 씨. 요즘 양복에서 여자 향수 냄새가 자주 풍겨오는 데… 알고 있어?"

"……."

아마도 예지와 같이 여기저기를 다니다 보니 자연스럽게 그녀의 향수가 옷에 밴 모양인가 보다.

"알고는 있다만……."

민철이 바람을 피운다?

물론 그런 의심을 가질 법도 하다.

민철은 체린이 봐도 매력적인 남자다.

머리도 좋을뿐더러 최근에는 젊은 나이에 청진그룹 차기 회장으로 내정되었다.

게다가 능력도 출중하지 않은가.

민철이 승승장구를 할수록 체린은 내심 불안해지고 있었다.

혹시 몰라 서둘러 결혼에 골인하고 혼인계약서를 작성하기도 했지만, 능력 있는 남자에겐 자고로 자연스럽게 여자가 꼬이게 마련이다.

설령 그것이 한예지라 하더라도 말이다.

"예지 양의 향수야."

"…정말?"

"아무래도 같이 어울려 다니는 시간이 많다 보니 향수가 배게 된 거 같은데."

"그래도……."

예지와 체린은 이제 친자매라 할 정도로 급속도로 사이가 좋아졌다.

하지만 중간에 민철이란 남자가 끼게 되면 체린도 의심을 할 수밖에 없다.

여자로서의 불안감이 체린의 마음속 한쪽에 자리를 잡고 있었다.

"하……."

가벼운 한숨을 내쉰 민철이 체린에게 다가간다.

질투하는 체린의 모습도 은근히 귀엽다.

외부적으로는 상오그룹의 차기 총수로서 간부들 앞에선 엄격하고 냉정한 여성이 집에서는 민철에게 가끔 애교도 부리고 질투도 할 줄 아는 귀여운 여성이다.

그런 체린을 두고 바람이라니.

상상조차 할 수 없는 일이다.

"많이 불안한가 보구나."

"…딱히 예지가 민철 씨랑 나쁜 일을 할 거라곤 생각진 않지만… 그래도 안심이 안 되는 건 어쩔 수 없나봐."

"그렇다면 안심을 시켜줘야겠군."

"어떻게?"

"방법이 하나 있긴 하지."

민철의 얼굴에 짓궂은 미소가 새겨진다.

"우리… 아이 만들까?"

"……?!"

놀란 나머지 그대로 얼어붙은 체린.

매번 각 집안의 어른들에게 2세의 압박을 받아온 건 사실이지만, 민철의 입에서 아기를 만들자는 말을 들은 건 처음이다.

"그러면 너도 안심할 수 있겠지. 적어도 난 사랑스러운 아내와 토끼 같은 자식을 두고 바람을 피울 남자는 아니거든."

"……."

잔뜩 상기된 얼굴을 애써 감추려고 노력하는 체린이었으나.

그래도 민철의 적극적인 애정 공세에 기어코 항복 의사를 표할 수밖에 없었다.

*　　　*　　　*

청진그룹 내부에 위치한 대회의실.

평소에는 한경배 회장이 간부진들을 모아두고 회사에 관한 중요한 안건을 논의하는 장소로 이용되는 곳이다.

그러나 오늘은 회사의 미래를 담은 중요한 발표를 하기 위해 한경배 회장이 중요 간부들을 이 자리에 소집하게 되었다.

"……."

간부들이 조심스럽게 자리를 잡기 시작한다.

오랜만에 한경배 회장도 회사에 얼굴을 내비칠 예정이라 들었다.

간부들 역시 한경배 회장이 불편한 몸을 이끌고 회사까지 오는 이유에 대해서 너무나도 잘 알고 있다.

이미 공식적으로 선언을 하지 않았을 뿐이지, 사실 사내에 근무하고 있는 간부들은 웬만큼 다 아는 사실이기도 하다.

이민철 부장.

그에게 차기 회장을 물려주겠다.

이 말을 선언하기 위함이다.

"…상황이 안 좋게 흘러가게 되었군요."

"……."

남우진 부사장의 곁에서 속삭이는 그의 측근 세력들.

그러나 남우진은 오히려 담담한 표정을 지어 보이고 있었다.

아니, 진작에 왔어야 할 것이 이제 겨우 왔다는 기분이 들 만큼 늦은 감도 없지 않아 있었다.

'이 부장의 노력이 드디어 오늘 빛을 보게 되는 셈이군.'

물론 남우진의 시선에 좋게 보일 리는 없다.

차기 회장으로 내정되었어야 할 인물은 자신의 아들인 남성진 말고는 없다고 생각했기 때문이다.

그러나 그 생각은 이민철이라는 남자가 모습을 드러내기 전까지였다.

남우진은 이민철과 처음 만났을 당시… 그러니까 간부진 면접을 치를 당시에 그의 비범함을 이미 알아봤다.

만약 회의를 남우진의 손으로 마음껏 조리할 수 있었다면 민철은 애초에 처음부터 탈락이라고 못을 박아뒀을 것이다.

하나 서진구의 난입으로 인해, 그리고 한경배 회장의 견제로 인해 이민철을 떨어뜨리지 못했다.

거기서부터 이미 남우진의 계획에 큰 차질이 생긴 셈이다.

사실 남우진은 남성진이 이민철 정도는 그래도 뛰어넘어 줄 거라고 생각했다.

누군가에게 진 역사를 가지지 않고 있는 자신의 자랑스러운 아들, 남성진이라면 제아무리 이민철이라 하더라도 상대가 되진 않을 거라 믿었다.

하나 그건 남성진에 대한 기대감이 너무 컸을지도 모른다.

아니, 이민철이 예측 불가능할 만큼 뛰어난 인재였기에 가능한 일이었을 것이다.

어느 쪽으로 생각하든 간에 결국 차기 회장 내정 후보 전쟁에서 승리를 거둔 자는 바로 이민철이다.

물론 아쉬움도 많이 남는다.

남성진이 만약 차기 회장이 되었다면…….

청진그룹을 남씨 부자가 차지하는 데에 아무런 하자가 없었을 텐데.

'어쩔 수 없지.'

세상만사 자신이 마음먹은 그대로 흘러가지 않는다는 것 정도는 남우진도 잘 알고 있다.

이미 일은 발생했으니…….

이제 차선책을 강구하는 수밖에 없다.

"회장님께서 들어오시고 계십니다."

서진구의 말에 모두가 잠시 자리에서 일어선다.

물론 남우진 역시 마찬가지다.

문이 열리자, 한예지가 끌어주는 휠체어를 타고 오는, 많이 쇠약해진 한경배 회장이 모습을 드러낸다.

장진석 전무 내통 사건 이후로 오랜만에 보는 간부들도 더러 있었다.

그때 봤을 때와는 비교가 안 될 만큼 많이 쇠약해진 상태다.

"…자네들을 부른 건… 이미 대다수 알고 있으리라 생각하고 질질 끌거나 하진 않겠네. 들어오게나."

한경배 회장의 말에 또 다른 인물이 회의실 내부로 들어온다.

모두가 예상한…….

그리고 모두가 알고 있는 그 인물.

바로 이민철이다.

총괄기획부를 이끌고 있는 젊은 재목이 대회의실에 앉아 있는 사내 중요 간부들 앞에 자신의 모습을 드러낸다.

"안녕하십니까. 총괄기획부에 소속되어 있는 이민철 부장이라고 합니다."

이미 다 알고 있지만, 그렇다고 공적인 자리에서 자기소개를 생략하는 건 예의에 어긋난다.

그래서 민철은 일부러 자신의 현 직위와 이름을 스스로 밝힌다.

민철의 인사가 끝나자, 한경배 회장이 고개를 가볍게 끄덕여 준 뒤 드디어 이들에게 들려줄 중요한 말을 언급한다.

"이민철 부장은 그간 우리 회사를 위해 많은 공로를 세워 왔고, 그 재능 또한 결코 허수가 아님을 알려주었네. 젊은 데다가 머리도 잘 돌아가고, 무엇보다도 겸손하지. 또한 내가 만들고 싶은 청진그룹의 가장 이상적인 모습 또한 잘 알고 있네. 그래서 나와 함께 이 청진그룹을 세운 공동창업자인 서진구와 함께 오랜 기간 동안 논의를 한 결과……."

한경배 회장이 잠시 말을 끊는다.

이다음 이어질 말은…….

청진그룹의 역사를 뒤흔들 법한 발언이 될 것이다.

아니.

청진그룹의 미래를 정하는 것과 마찬가지다.

두려워해서는 안 된다.

타인을 믿는다.

지금까지 고생해서 키워온 이 회사를…….

후발 주자가 분명 잘 이끌어가 줄 거라는 믿음을 가져야 한다.

한경배 회장, 본인의 사람 보는 눈이 결코 틀리지 않았음을 다시금 확신하며 드디어 그의 이름을 언급한다.

"나의 뒤를 이어줄 사람을… 이민철 부장으로 정하도록 하겠네."

"……!!!"

한경배 회장의 공식 선언을 들은 간부들이 놀라움을 감추지 못한다.

물론 알고 있던 내용이다.

하지만 한경배 회장이 직접 본인의 입으로 외부에 공개하는 건 이번이 처음이다.

한번 내뱉은 말은 다시 주워 담을 수 없다.

그것은 한경배 회장이 가장 잘 알고 있을 터.

그럼에도 불구하고 이 자리에서 공식적으로 한경배 회장이 이민철을 차기 회장으로 내정한다는 걸 밝혔다는 건…….

이제 청진그룹은 이민철의 것이 되었다는 뜻이다.

"이민철 부장."

"예, 회장님."

몸이 불편한 한경배 회장을 대신해 민철이 직접 그에게 다가간다.

한경배 회장이 슬며시 손을 내밀자, 민철이 두 손으로 그의 손을 마주 잡아준다.

"나의 회사를… 우리 회사를 잘 부탁하네."

"기대에 보답할 것을 이 자리에서 약속드리겠습니다."

드디어.

민철이 그토록 바라던 순간이 찾아오게 되었다.

몇 년이 걸린 걸까.

자본주의 상징이라 불리는 청진그룹을 이제야 겨우 자신의 손에 거머쥘 수 있다.

"자자, 차기 회장님을 위해 축하의 박수라도 칩시다!"

"그, 그럽시다!"

간부들이 스스로 자진해 민철의 차기 회장 내정을 축하하는 박수갈채를 보내주기 시작한다.

그 속에서 남우진 또한 박수를 쳐 주고 있지만…….

동시에 머릿속은 여러 복잡한 생각을 품게 된다.

남우진 부사장과 이민철 부장의 만남이…….

졸지에 남우진 부사장과 이민철 차기 회장의 만남으로 격상된 것이다.

그 말인즉슨.

조만간 가질 남우진과 이민철의 만남은 부사장 세력과 회장 세력의 정상회담이 될 것이라는 말을 시사하는 게 아닐까.

'…난감한 상황을 만들어 버렸군, 이민철 부장.'

＊　　　＊　　　＊

총괄기획부 사무실로 돌아왔을 때에는 이미 이민철을 향한 시선이 평소와 많이 달라져 있었다.

"아이고, 회장님 오셨습니까!!"

조 실장이 호들갑을 떨며 민철의 방문을 반긴다.

방금 전.

한경배 회장은 민철의 차기 회장 내정에 관한 사실을 공식적으로 선언했다.

그리고 며칠 뒤에 주주총회를 통해 다시 한 번 이민철이 한경배 회장의 뒤를 이어 회사를 이끌어가게 될 거라는 선언을 할 예정이다.

"왜 그러신가요, 조 실장님. 부담스럽게시리……."

"조, 조 실장님이라니?! 차기 회장님께서 감히 저한테 '님' 자라는 말을 붙이다니… 아니 될 말씀이옵니다!"

"하하하, 누가 조 실장님 좀 말려봐요."

결국 조 실장의 장난에 두 손, 두 발을 다 들게 된 민철이 너털웃음을 터뜨린다.

이제야 겨우 장난스러운 언행을 중단한 조 실장이 민철에게 회의를 제안한다.

"할 말도 많이 있을 거 아니야? 가서 회의나 좀 하자. 모처럼 다들 외근 업무도 없으니까."

"그럴까요?"

사실 총괄기획부는 조 실장과 민철이 외근 업무를 거의 전담하고 있기 때문에 두 사람이 외근 업무가 없다는 건 다시 말해서 총괄기획부에 근무하고 있는 사원이 모두 사무실에 모여 있음을 뜻하는 말이 된다.

조 실장의 제안을 받아들인 민철이 모두를 회의실로 모은다.

예전에는 조촐하게 4~5명이 모여서 회의를 진행하던 것도 이제는 두 자리 수에 육박하는 사원들이 자리를 꽉 차지하게 된다.

물론 인원이 확충된 만큼 사무실 또한 넓어졌지만 말이다.

모두가 다 각자의 자리를 잡자, 민철이 먼저 입을 열기 시작한다.

"제 입으로 말하긴 뭣하지만… 총괄기획부에 오늘 축하할 일이 두 가지가 있더군요."

한 가지도 아닌 두 가지다.

물론 그 한 가지의 임팩트가 워낙 큰 탓에 잘 알려지지 않았지만, 다른 한 가지도 분명 축하해야 할 일은 맞다.

"우선… 이번 엘리트 신입 사원에 우리 총괄기획부 소속 고지서 사원이 선발되었습니다."

"오오오!!"

총괄기획부 사원들이 축하의 박수를 들려주기 시작한다.

졸지에 이번 회의의 주인공이 된 듯한 기분을 잠시 만끽하게 된 고지서가 연신 자리에서 일어나 선배, 동기들에게 고개를 끄덕이며 고마움을 표현한다.

물론 조 실장의 넓은 인맥망을 통한 뒷공작도 있었지만, 고지서라는 인물 자체도 상당히 뛰어난 능력과 좋은 이미지를 보유하고 있었기에 엘리트 신입 사원으로 선출되는 데에 부족함이 없는 면모를 선보였다.

이렇게 해서 총괄기획부는 두 명의 엘리트 신입 사원 출신자를 배출하게 되었다.

물론 민철이 엘리트 신입 사원으로 선출될 당시에는 홍보팀에 소속되어 있었지만 말이다.

"소감 한 말씀 해보세요."

민철이 넌지시 고지서에게 제안한다.

예상치 못한 소감 발표에 당황한 고지서였으나, 이내 능숙하게 자신의 현재 심정을 들려준다.

"우선… 보잘것없는 저를 열심히 가르쳐 주신 선배님들께 이 영광을 돌리고 싶습니다. 앞으로도 계속해서 총괄기획부의 간판이 되도록 노력하겠습니다. 감사합니다!"

"상금도 받았는데 한턱 쏴야 되는 거 아니냐!"

조 실장이 강력한 주장을 펼치자, 고지서가 어색한 웃음을 내보인다.

"안 그래도 그렇게 하려고 생각했습니다."

"역시 포스트 이민철답구만! 암, 그래야지!"

졸지에 회식 자리를 만들어내는 조 실장.

하나 엘리트 신입 사원 건수 말고도 어차피 커다란 이슈거리가 있기에 회식 자리는 이미 예정되어 있는 기정사실이다.

"다음으로……."

이민철이 드디어 총괄기획부 사원들이 그토록 당사자 입으로 듣고 싶어 하던 사실을 언급한다.

"제가 한경배 회장님의 의지와 뜻을 이어받아 다음 차기 회장직에 내정되었습니다."

"우와아아!!"

"이민철! 이민철! 이민철!!"

사원들이 박수와 동시에 이민철의 이름 세 글자를 연호한다.

민철의 예상보다 더욱 열렬한 축하 덕분에 오히려 본인이 당황할 정도였다.

사실 이만한 대형 사건도 없을 것이다.

자신의 부서에서 부장으로 일하던 남자가 설마 회장이 되다니.

그것도 중소기업이라든지 가족 단위로 운영되는 소규모 기업도 아닌 글로벌 대기업, 청진그룹이다.

딱히 한경배 회장과 접점도 없고, 학벌도 좋지 않았던 남자가 드디어 청진그룹의 정상 자리에 우뚝 서게 된 것이다.

물론 축배를 드는 것이 아직까지는 시기상조라 할 수 있다.

하나 이미 더 이상 이민철을 막아설 사람은 없다.

기껏해야 남우진 부사장이 있지만, 지금 그는 아직까지 장진석 전무 내통 사건으로 인해 몸을 추스르고 있는 실정이다.

그러나 남우진에 관한 문제도 조만간 해결될 것이다.

그와의 만남이 예정되어 있기 때문이다.

남우진과 질질 끌어온 오랜 갈등은……

곧 있을 이민철 차기 회장과 남우진 부사장이 가질 정상회담에서 그 끝을 보게 될 것이다.

*　　*　　*

총괄기획부 회식이 예정되어 있는 오늘.

간부회의 이후 총괄기획부를 찾는 이가 유독 많은 하루였다.

그중 대표적으로는 역시 홍보팀의 구인성 부장이 있었다.

"축하한다, 민철아."

"감사합니다. 설마 구 부장님께서 직접 오실 줄은 몰랐습니다."

"하하하, 내가 아무리 귀찮음과 게으름을 많이 타는 놈이라 하더라도 이런 일이 있으면 바로 와야지. 내 밑에서 일하던 녀석이 이 회사의 차기 총수가 되었는데. 안 그러냐?"

"그렇게까지 부담 안 가지셔도 됩니다. 전 언제나 이민철 부장, 늘 그대로일 테니까요."

총괄기획부 사무실 내부에 위치한 회의실 안.

그곳에서 이민철을 찾아온 구인성 부장은 태희가 타다 준 커피를 홀짝이고 있었다.

"그래⋯ 이제부터 조금씩 인수인계를 위해 총괄기획부에

도 손을 잘 못 대겠구만."

"그렇게 되겠지요. 언제까지 이민철 부장이란 타이틀을 달고 있을 순 없으니까요."

이미 공식적으로 외부에 당당히 차기 회장이라 소개되었다.

그렇다면 총괄기획부에 더 이상 묶여 있을 시간도 부족하단 소리다.

그렇기에 민철은 차기 회장으로 내정을 받으면서 동시에 한 가지 고민거리를 떠안을 수밖에 없었다.

바로……

자신을 대신해서 이 총괄기획부를 이끌어가 줄 새로운 재목을 물색해야 했다.

조 실장은 외근 업무 담당인 데다가 스타일 자체가 한 부서를 이끌어갈 만한 사람은 결코 아니다.

그래도 부서를 이끌어가려면 사원들을 끌고 갈 카리스마는 있어야 한다.

하나 조 실장은 분위기 메이커일 뿐이지, 카리스마 있는 부장으로서의 자격을 갖추고 있는 건 아니다.

실제로 조 실장 역시 민철에게서 부장직을 제의받았을 당시 정중하게 거절했다.

순번상으로는 조 실장이 부장직을 맡는 게 당연하다.

그러나 사실 조 실장 말고 딱히 부장직을 맡을 만한 사람은 없다.

그나마 꼽자면 서기남 팀장이지만… 그는 아직까지 중간 관리직으로서 해야 할 일이 많다.

아직까지 기남 역시 많은 성장을 요한다.

그렇다면 민철이 선택할 수 있는 방법은 하나다.

다른 부서에서 인재를 끌어와야 한다는 것이다.

"구인성 부장님."

"왜 그러냐?"

"혹시… 총괄기획부 부장직을 맡아보실 생각 없으십니까?"

"……."

예상치 못한 제안이 들어온다.

아니…….

구인성 부장은 오히려 민철에게 이런 제안이 들어올 것이란 사실을 이미 눈치채고 있었을지도 모른다.

구인성 부장은 눈치의 왕이다.

게다가 그는 이민철을 지지하는 세력에 속해 있는 인물이기도 하다.

홍보팀 내에서도 구인성 부장의 능력은 충분히 입증되었다.

본인의 입으로는 의욕 없고 근무 태만에 나태한 부장이라는 말을 스스로 내뱉고 다니지만, 그건 구인성 부장의 야욕을 겉으로 드러내지 않기 위한 일종의 허장성세(虛張聲勢)에 불과하다.

구 부장은 누구보다도 욕심이 많은 사람이다.

만약 애초에 정말로 욕심이 없었다면…….

이민철 라인을 탈 생각은 하지도 않았을 것이다.

구인성 부장은 청진그룹 본사에서 일하고 있는 사람들 중에서 가장 빠르게 이민철의 가치를 알아본 사람에 속한다.

물론 면접을 봤던 간부들을 제외하고.

같이 일을 하면서 구인성 부장은 민철의 인맥과 능력을 통감했다.

그리고 이런 결론에 도달했다.

이민철의 곁에 있으면…….

본인 또한 어느 정도 성공을 보장받을 수 있을지도 모른다고 말이다.

"총괄기획부 부장직이라……."

팔짱을 낀 채 고민을 해보는 구인성 부장.

홍보팀은 사실 총괄기획부처럼 인력과 인재가 적은 편이 아니다.

자신이 떠난다 하더라도 충분히 그 빈틈을 메꿔줄 사람들이 있다.

총괄기획부의 경우에는 과반수가 신입 사원, 또는 타 부서에서 부서 이동을 해온 사원들이다.

그래서 사실 민철이 총괄기획부 업무에서 점차적으로 손을 뗀다는 건, 곧 총괄기획부의 위기를 가리키는 것일지도 모른다.

총괄기획부는 한경배 회장이 자신의 세력을 견고하게 만들기 위해 창설한 부서다.

감사팀과 비슷하게 필요에 따라 여타 다른 부서에 직간접적으로 간섭을 할 수 있는 권한을 지니고 있다.

그것만으로도 상당히 강한 영향력을 가지고 있는 셈이다.

총괄기획부의 부장직을 맡게 된다는 건…….

곧, 이민철의 사람임을 직접적으로 알리게 되는 꼴과도 마찬가지다.

선택을 해야 한다.

그동안 눈치를 보면서 수면 아래에 거주하며 언젠가는 수면 위로 올라갈 틈을 노리던 남자, 구인성.

그에게 있어서 지금 이 순간은 결단력이라는 게 필요한 시점이다.

"내가 네 제안을 수용하게 된다면, 나에게 떨어지는 이득은 뭐가 있을까?"

구인성 부장의 눈이 달라진다.

지금까지 보아왔던 게으름의 눈빛이 아니다.

숨겨왔던 야수의 발톱이 드러나는 순간이다.

여기서부터는 협상의 시간이다.

제아무리 구인성이 민철을 밀어주고, 그를 연호했던 우호적인 인물이라 하더라도 결국은 자신의 이득에 따라 행동을 결정해야 한다.

구인성은 공짜로 민철을 도와준 게 아니다.

분명 자신에게 뭔가가 떨어질 게 있다고 기대했기에 민철을 밀어준 것이다.

게다가 총괄기획부 부장직은 반드시 좋은 의미만을 가지고 있는 자리가 아니다.

이민철의 사람이 되었다는 것을 대표적으로 상징하는 자리임과 동시에 타 부서의 무수한 견제를 직접 감당해야 한다는 것도 뜻한다.

구인성 부장의 직설적인 질문을 듣자마자 민철이 미소를 짓는다.

"원하시는 걸 말씀해 보세요."

"원하는 거라… 내가 이 자리에서 말을 한다면, 네가 그걸 들어줄 수 있나?"

"가능할 겁니다. 지금의 저라면 정말 웬만한 것 정도는 실현 가능할 것 같거든요."

"……"

이민철.

도대체 어디까지 손을 뻗어둔 걸까.

남우진이라는 강력한 적을 두고 있음에도 불구하고 웬만한 것은 다 들어줄 수 있다는 말을 쉽게 내뱉다니.

구인성 부장이 제아무리 눈치의 왕이라 해도 그건 어디까지나 심리전에 의한 추측일 뿐.

실제로 지금 이민철이 말하는 게 허세인지, 아니면 진짜로 실현 가능한 일인지는 알 수 없는 일이다.

그러나 구인성이 알고 있는 한, 민철은 자신이 내뱉은 말을 언제나 실천으로 직접 보여주는 사람이다.

그렇다면 자신의 요구 조건 정도는 쉽게 들어줄 수 있을 것이다.

"내가 원하는 건 별거 없어. 그냥… 나중에 괜찮은 계열사 하나 넘겨주는 것."

"별거 없다고 보기에는 상당히 규모가 큰 제안이군요."

"청진전자라든지 청진건설 같은 굵직한 것들을 달라는 건 아니야. 그리고 미래의 너라면 충분히 가능한 일일 거라고 생각했거든."

"의외로 구 부장님은 욕심이 많으신 분이었군요."

"마치 오늘 막 처음 알았다는 듯이 말하지 마라. 너 정도의 눈치면 내가 어떤 사람인지 진작부터 알고 있었을 텐데?"

"하하하! 그렇긴 하죠."

만약 구인성 부장이 욕심이 없는 사람이었다면 애초에 민철을 위해 움직이기도 않았을 것이다.

여하튼 구인성 부장의 제안은 민철이 들어줄 수 있는 범주 내에 속한다.

물론 지금은 힘들지만.

"알겠습니다. 나중에 잘된다면 구 부장님 말씀대로 해드리겠습니다."

"오케이. 계약서라도 써둘까?"

"하하, 저를 못 믿는 겁니까?"

"웃자고 한 소리야. 아무튼 잘 부탁한다."

"예, 저야말로 총괄기획부를 잘 부탁드리겠습니다."

"오냐. 걱정하지 마라."

이렇게 해서 구인성을 총괄기획부 다음 부장직 자리에 앉히는 데에 성공을 거둔 이민철.

자신이 떠난 이후에도 그 빈자리가 이상 없이 돌아가게끔 만들고 나서 떠나는 게 남겨진 자들을 위해 그가 할 수 있는 최대한의 일이 아닐까 싶다.

＊　　　＊　　　＊

"후… 정말 회식 자리에서만큼은 거친 사람들이구만."

민철이 조여진 넥타이를 살짝 풀면서 엘리베이터에 몸을 싣는다.

본래 술이 센 편에 속하는 민철이지만, 실로 오랜만에 알코올 중화 마법을 발휘할 만큼 엄청난 축하주를 소화해야 했다.

술잔을 비워도 비워도 끝이 나지 않는다.

게다가 워낙 술을 잘 마시기로 소문이 난 민철이기에 사람들이 더 마시게끔 하려고 안달이 났었다.

덕분에 알코올 중화 마법을 사용했음에도 불구하고 약간 머리가 띵할 정도의 취기가 아직까지 남아 있다.

그래도 몸을 못 가눌 정도는 아니다.

이 정도면 민철의 입장에선 취한 축에 속하는 것도 아니기 때문이다.

"……."

비밀번호 문을 열고 잠금장치를 해제한 이후에 집 안으로 들어서는 민철.

"벌써 왔어? 꽤 빠르네."

소파에서 때마침 TV를 보고 있던 체린이 그를 맞이한다.

현재 시각, 저녁 9시.

회식을 가진 날치고는 그래도 비교적 양호한 귀가 시간이다.

"좀 더 늦을 줄 알았는데."

민철에게서 정장 겉옷을 건네받은 체린이 의외라는 식으로 말을 한다.

그러자 민철답지 않게 장난기 있는 웃음을 짓는다.

"내가 일찍 들어오는 게 싫은가 보군."

"그런 건 아니고… 그것보다 축하해. 오늘 회사 간부들 앞에서 민철 씨가 차기 회장으로 내정되었다는 게 공식적으로 발표되었다면서?"

"뭐… 그런 셈이지."

"아빠도 엄청 기뻐했어. 자신의 사위가 청진그룹의 총수가 되었다고 하니까 믿기지 않는 눈치더라고."

"대개는 그런 반응이겠지."

딸은 상오그룹의 차기 총수.

그리고 사위는 청진그룹의 차기 총수가 되었다.

이만큼 든든한 경우가 또 어디 있을까.

아마 이승부의 입은 24시간 귀에 걸려 있을지도 모른다.

물론 민철이 차기 회장으로 내정된 일은 청진그룹의 기반을 뒤흔들 만한 대형 사건이다.

하지만 아직 모든 일이 끝난 건 아니다.

'남우진… 이제 그 사람과의 담판만 남은 셈이군.'

차기 회장으로 내정되었음이 발표되는 순간에도, 회식 자리에서 다수의 축하주를 연달아 마실 때에도, 그리고 지금 옷을 갈아입는 순간에도.

오로지 남우진과의 담판만을 머릿속에 염두에 두기 시작하는 민철.

차라리 남우진 세력을 배척하는 일이라면 오히려 쉬울지도 모른다.

하나 문제는 그를 자신의 편으로 포섭해야 한다는 것이다.

자신에게 적대적인 인식을 품고 있는 상대방을 아군으로 만드는 일만큼 어려운 일 또한 없다.

그러나 그 어려운 일을 소화해야만, 민철 입장에서 일어날 가장 최악의 경우인 청진전자의 독립을 막을 수 있다.

'어렵군…….'

자신도 모르게 약간의 한숨을 토해낸다.

그러자 그를 바라보던 체린이 의아함을 담은 표정을 지어 보인다.

"걱정되는 일이라도 있어?"

"…아니. 그냥… 부담감도 좀 있고 해서."

"어머, 민철 씨답지 않은 발언이네. 부담감이라니. 매번 아무렇지도 않게 큰일들을 해결해 왔으면서."

"나도 결국 사람이니까."

"…침대 위에서는 짐승이면서."

"하하하……."

요즘 들어 2세를 가지기 위해 상당히 많은 사랑을 나누고 있는 두 사람.

덕분에 체린은 행복한 비명(?)을 질러대는 중이다.

최근에는 연애 관계를 유지할 때에도 잘 몰랐던 민철의 정력에 세삼 놀라고 말았다.

이대로 가면 정말 2세를 임신하게 될 수도 있다.

"부담감 가지지 말고 앞으로 나하고 태어날 아기를 위해 힘내주세요, 미래의 애기 아빠."

"오히려 부담감이 더 팍팍 느는데?"

"부담감을 느끼지 말고 행복감을 느끼라고."

체린이 가볍게 민철의 옆구리를 꼬집는다.

물론 체린이 이렇게 압박을 넣지 않아도 민철은 그 이상으로 힘을 낼 것이다.

그러기 위해서라도 우선은…….

최후의 시련이기도 한 남우진과의 담판을 성공적으로 이끌어내야만 한다.

제4장

최후 담판

시골의 한 작은 마을.

매번 조용하던 평소의 분위기와 다르게 오늘은 다수의 사람들이 북적이며 소란을 자아내고 있었다.

"하이고… 고맙습니다, 의원님, 정말 고마워요!"

"하하, 아닙니다. 이 정도는 당연히 의원으로서 해드려야지요."

거동이 불편한, 혹은 독거노인들을 위한 노인 복지관 건설을 추진하던 신오름당 소속의 국회의원, 이한선이 연신 허리를 숙이며 고마움을 표현하는 노인들에게 미소를 보인다.

오늘은 그가 추진해 온 노인 복지관이 드디어 완성된 모습을 세상 만천하에 드러내는 날이다.

노인 복지관뿐만이 아니라 앞으로 저연령층을 대상으로 삼은 사립 도서관 건립에 이어 공원 조성, 그리고 교통편의 개선 등 이 지역 주민들의 복지를 위해 여러 가지를 추진 중이다.

약자를 위해서.

그리고 서민들을 위해서.

이러한 슬로건을 내걸며 사회적 약자층을 대변하는 목소리를 자아내던 이한선이 이제는 직접 각지를 돌아다니며 자신의 공약을 몸소 실천해 보이고 있다.

"어르신들이 계시기 때문에 저희 같은 후손들이 편하게 살 수 있게 되었습니다. 이 정도 일은 아무것도 아니죠."

"어쩜 말도 이렇게 곱게 한다냐……!"

한선이 노인들을 상대하고 있을 무렵, 다수의 기자들이 그의 모습을 카메라에 담기 위해 연신 셔터를 눌러댄다.

최근 이한선은 각지를 돌면서 이러한 선행 활동들을 비약적으로 늘려가고 있다.

한편으로는 일개 국회의원이 도대체 어디서 자금줄을 구해 이런 거대한 복지 프로젝트를 하는 것인지에 대한 의문도 속속들이 제기된다.

일각에서는 추측이 난무하지만, 어디까지나 그저 가설에

불과하다.

"그럼 다음에 또 찾아뵙겠습니다."

"언제든지 들러주구려!!"

"예, 알겠습니다."

노인들과의 만남을 뒤로하고 차에 오르는 이한선.

그의 곁을 따라다니는 젊은 비서가 수첩을 꺼내 다음 스케줄을 언급한다.

"점심때 당 의원들과 식사 약속이 잡혀 있습니다. 그리고 저녁에는 신문사 인터뷰가……."

"……."

딱히 스케줄이 많은 점에 대해 불만을 가지고 있는 게 아니다.

오히려 지금의 이 상황이 믿기지가 않을 뿐이다.

이한선은 서민들의 복지를 위해 노력해 왔다.

때로는 변호사 사무실을 운영했을 당시 모아뒀던 돈들을 털어 가난한 환경에서 자라는 어린아이들을 위해 남몰래 도와준 적도 있다.

그러나 어디까지나 개인이 할 수 있는 일에는 한계가 있는 법.

실제로 이한선에게는 힘이 없다.

아니, 돈이 없다.

그래서 속으로는 그저 안타까움을 금치 못하던 그가…….

청진그룹과 상오그룹, 두 기업과 손을 잡게 되었다.

자금줄에 대해서는 걱정할 필요가 없어졌다.

대한민국에서 내로라하는 두 거대 자본 기업 아니겠는가.

아마도 모든 국회의원을 통틀어 가장 빵빵한 스폰서를 지니고 있는 게 바로 이한선일 것이다.

그의 행보는 국민들의 전폭적인 지지를 이끌어내고 있는 중이다.

젊은이들에게는 영웅으로.

노인들에게는 개념 있는 젊은이로.

모든 연령층에게 폭발적인 관심을 받고 있는 남자, 그 사람이 바로 이한선이다.

"…의원님."

비서가 스마트폰을 내밀며 말을 잇는다.

"이민철 부장한테서 전화가 왔습니다."

"당장 바꿔주게."

"예, 알겠습니다."

비서로부터 스마트폰을 건네받은 이한선이 밝은 목소리로 통화에 임한다.

"여보세요?"

─접니다, 의원님. 오늘도 바쁜 일정 보내느라 고생이 많으

십니다.

"하하, 아닙니다. 이게 다 이민철 부장님 덕분이지요. 그러고 보니 주주총회에서 차기 회장으로 내정되셨다는 소식을 들었습니다. 축하드립니다."

―감사합니다.

"이제 앞으로 이민철 회장님이라 불러야겠군요."

―아직 그 정도 단계까지는 아닙니다. 그보다도 오늘 전화를 드린 건 다름이 아니고, 조만간 신오름당 의원님들을 한자리에 모아 작은 연회라도 한번 열게 해드릴까 합니다만…….

"연회… 말입니까?"

사실 이한선은 신오름당 의원들을 별로 좋아하지 않는다.

자신들의 배만 불릴 생각을 하고 있는 탐욕에 오염된 자들.

옳은 발언을 내뱉는 한선과 다르게 그들은 거짓을 일삼고 서민들의 등골을 빨아먹는 자들에 불과하다.

그래서 한선은 계속적으로 혼자서 독자 노선을 걸어왔다.

그런데 연회라니…….

―이한선 의원님도 잘 아시겠지만… 지금은 우선 그들을 포섭할 때입니다. 의원님께서 가장 먼저 노리셔야 할 당장의 목표가 무엇인지 저번에도 말씀드린 적이 있을 겁니다.

"…서울 시장 출마군요."

―예.

민철의 플랜을 처음 들었을 당시, 한선은 놀라움을 금치 못했다.

신오름당에서 다수의 의원들을 자신의 편으로 만든다.

서울 시장에 출마한다면, 그간 쌓아온 이한선의 좋은 이미지 덕분에 어렵지 않게 서울 시장 자리를 차지할 수 있게 될 것이다.

그 이후의 행보는… 뻔하다.

대선 출마.

그리고 대통령이 된다!

이한선 대통령.

듣기만 하더라도 소름이 돋을 만한 호칭이다.

하지만 정말 가능한 일일까?

그리고 자신이 나서도 되는 걸까?

누차 그런 의구심을 스스로 자아낼 때마다 이민철이 그에게 들려준 말이 있다.

'의원님이 아니면 이 대한민국은 계속해서 부정부패라는 이름의 골병을 앓고 지낼 겁니다. 병이 오래되면 어떻게 됩니까? 결국 죽는 수밖에 없습니다.'

'……'

'이한선 의원님이 대통령이 되고, 보다 많은 힘을 지니게 된다면 이 대한민국이 살기 좋은 국가 1위가 되는 것도 시간문제일 겁니다. 국민들의 존경을 받고, 후손들을 위해 아름다운 나라를 물려주는 일… 지금 현재를 살아가는 우리들이 해야 할 일 아니겠습니까.'

'…그렇긴 하지요…….'

'의원님만이 이 나라를 올바른 길로 이끌 수 있습니다. 그러기 위해서라도 우선은 최대한 의원님의 세력을 굳혀야 합니다. 다행스럽게도 자금줄은 청진그룹과 상오그룹이 도맡고 있습니다. 탐욕에 물든 자들일수록 돈만 있으면 더더욱 다루기가 쉬워집니다. 우선 이들을 아군으로 끌어들이고, 훗날 의원님이 대통령이 되신다면 의원님이 생각하는 참된 인재들을 하나둘씩 이한선 대통령 정부에 배치하면 됩니다.'

'……'

'의원님이기에 가능한 일입니다.'

이한선만이 가능한 일.

이 나라를 참된 길로 이끈다.

그러기 위해선 힘이 있어야 한다.

지금 당장은 마음에 들지 않을지 모르지만… 그 힘을 기르기 위해서라도 잠시 저자세를 유지할 필요가 있다.

이한선도 머리가 나쁜 사람은 아니다.

그도 이성적으로는 잘 안다.

어차피 한선에게는 든든한 아군이 뒤에서 버티고 있다.

외면하고 싶은 현실이지만, 돈은 곧 만능이다.

민철의 말대로 돈이 있으면 대통령도 자신들의 손으로 만들 수 있는 것이 바로 현 사회다.

어려워 보이지만, 결국 돈만 있으면 뭐든 가능한 간단한 시스템이다.

그렇기 때문에 민철은 자신의 손으로 대통령을 만드는 것 또한 어렵지 않은 일이라 생각하고 있다.

자금을 대주고, 이 자금으로 이한선의 선행을 위해 투자한다.

그럴수록 이한선이라는 이름 세 글자는 대한민국 국민들의 머릿속에 제대로 각인될 것이다.

결국 이 모든 것은 이한선의 지지율을 올리는 데 필요한 과정에 불과하다.

국민들에게 다수의 지지를 받음과 동시에 견제를 받지 않게 하기 위해선 같은 의원들 역시 최대한 포섭을 해두는 편이 좋다.

"…알겠습니다. 한번 일정을 맞춰보도록 하죠."

―이해해 주셔서 감사합니다, 의원님.

"아닙니다. 저야말로 오히려 이민철 부장님한테 고마워해야지요. 덕분에 혼자서만 정의를 외쳤을 뿐인 제가 이제야 당당하게 약자층을 대변하는 입장이 되었습니다. 정말 감사합니다."

—하하, 아닙니다. 저도 평소 의원님의 생각에 동조를 하고 있었을 뿐이니까요. 서로 좋은 사회를 만들어갈 수 있도록 노력해 봅시다.

"알겠습니다."

통화를 종료한 뒤.

이한선은 잠시 차 시트에 몸을 묻는다.

'이민철 부장이라…….'

처음에는 그와의 만남을 대수롭지 않게 여겼다.

하나 지금은 다르다.

이민철은 어떻게 보면 자신의 이상을 현실로 만들어주는 중요한 인물로 자리매김을 하게 되었다.

이한선의 인지도와 이민철의 자금력.

이 두 가지가 힘을 합친다면…….

대한민국을 이들의 손으로 좌지우지(左之右之)하는 일도 가능할 것이다.

*   *   *

"……."

통화를 마친 민철이 스마트폰을 내려다본다.

이한선의 지지율은 날이 갈수록 올라가고 있다.

투표 참여율이 비교적 높은 중, 장년층까지 공략에 성공한 건 물론이요… 젊은 층에게도 취업난과 대학교 등록금을 해결해 줄 기대주로 부상하고 있는 중이다.

실제로 이한선이 민철을 만나기 전에 개인적으로 몰래몰래 베풀던 선행이 하나둘씩 기사화가 되면서 더더욱 이한선 의원을 찬양하는 목소리가 높아지고 있다.

물론 기사를 내보낸 것도 이민철이다.

평소 알고 지내던 최서인 기자를 통해 이한선의 선행을 널리 대중들이 볼 수 있게끔 기사로 실어 유명 포털 사이트 메인에 노출시키게끔 했다.

그 결과가 지금 톡톡히 빛을 보고 있는 셈이다.

'내가 사람 하나는 잘 본 거 같군.'

게다가 타이밍도 좋다.

현 정부는 역대 최악으로 평가받는 무능한 정부로 인식되고 있다.

그러나 이한선은 정부가 해야 할 일들을 자발적으로, 오로지 혼자서 계속 수행해 오고 있다.

대통령보다도 지지율이 높다는 말이 나올 정도인데… 그

정도면 이미 게임은 끝났다 해도 과언이 아니다.

서울 시장 출마에 이은 대선 후보까지.

모든 것이 일사천리로 진행되게끔 만들어주기 위해선 신오름당 의원들 역시 이한선의 편으로 끌어들일 필요가 있다.

어차피 이들의 포섭은 강오선이 도맡고 있다.

그에게 충분한 돈을 쥐여주고, 필요하면 언제든지 접대비로 써도 좋다는 입김을 넣어뒀다.

강오선 역시 처음에는 민철을 신뢰하지 않았지만, 그가 차기 회장으로 내정되었다는 사실을 알고 나서 민철을 바라보는 눈이 달라졌다.

이민철.

이 남자만 믿고 가면 분명 성공한다!

그런 생각이 강오선을 움직이게 만들고 있다.

정치 쪽은 아마 이대로 계속 흘러가면 별다른 문제는 없을 것이다.

이제 문제는…….

'남우진 부사장… 그만 어떻게 하면 될 텐데…….'

민철은 이미 남우진 부사장을 포섭하기 위해 두 가지 강력한 무기를 장착했다.

결전은 바로 내일.

따로 둘만의 사적인 자리를 만들어 최후의 담판을 펼칠 예정이다.

남우진 부사장을 자신의 세력으로 끌어들이느냐 마느냐에 따라 이민철이 신과의 만남을 가질 수 있는지에 대한 여부가 결정될 것이다.

청진전자가 독립을 하게 되어버리면 청진그룹은 사실상 자본주의 사회의 금자탑이라 부르기 힘든 존재가 되어버린 다.

청진그룹 매출의 큰 부분을 담당하고 있는 게 바로 청진전 자 아니겠는가.

무조건적으로 어떻게 해서든 계속 끌고 가야 한다.

그러기 위해서라도 남우진과의 담판이 아마 이민철이 회 장을 달기 전에 치러야 할 가장 중요한 결전이 될 것이다.

회의실을 나와 다시 사무실로 돌아오는 민철.

그러자 마치 기다리고 있었다는 듯이 가볍게 손을 들어 보 이는 한 남자가 있었다.

"이민철 부장."

"아… 차 실장님 아니십니까."

인사팀의 차원소 실장이 그에게 볼일이 있는 모양인지 총 괄기획부 사무실을 방문한 것이다.

그가 왜 민철을 찾아왔는지에 대해서는 불 보듯 뻔하다.

"구인성 부장이 총괄기획부 부장으로 이적한다는 소리를

들었다만."

"네, 그렇게 되었습니다."

"역시나······."

인사팀이기 때문에 부서 이동에 대해서는 정확하게 파악을 하고 있어야 한다.

소문으로만 돌고 있는 구인성 부장의 총괄기획부 이적.

그 사실 여부를 파악하기 위해 차원소 실장이 직접 민철에게 온 것이다.

"하필이면 구 부장이냐······."

"제가 선택할 수 있는 최선의 수라고 생각했습니다만··· 아니었나요?"

"그런 뜻이 아니야. 네 빈자리를 대신할 만한 인물 중 가장 적합한 인물을 선정해서 놀랐을 뿐이다."

차원소 실장도 잘 알고 있다.

민철과 많은 접점을 지니고 있는 부장급 인물이라고 한다면 딱 두 명을 꼽을 수 있다.

우선 황고수 부장.

하지만 그는 억울한 누명을 쓰고 현재는 상오그룹에서 이름을 떨치고 있는 중이다.

그리고 다른 한 사람이 바로 구인성 부장이다.

능력도 출중한 데다가 민철과의 접점도 많은 편이다.

이민철이 고를 수 있는 최고의 선택지를 고른 셈이다.

*   *   *

주주총회에서 민철의 차기 회장 내정 사실이 정식으로 선언되는 와중에도 남우진은 이 모든 과정을 그저 지켜볼 수밖에 없었다.

그가 딴지를 걸기에는 진행되는 일처리 속도와 시기가 너무 빠르다.

일이라는 건 뭐든지 타이밍이라는 게 있다.

마음 같아서는 이민철의 차기 회장 내정 사실에 반론을 제기하고 싶지만, 아직까지 남우진의 말에는 제3자들을 설득하기 위한 힘이 부족하다.

왜냐하면 장진석 전무의 내통 사건이 아직까지 남우진의 뒤를 따라다니고 있었기 때문이다.

게다가 주주들에게 민철이 차기 회장으로서 적합하지 않다는 걸 어필하기 위해선 동시에 두 가지 요건이 충족되어야 한다.

우선 민철의 이력에 하자가 있어야 할 것.

그리고 다른 하나는 민철을 대신할 차기 회장 후보가 있어야 할 것이다.

남우진의 입장에선 불행하게도 두 가지 조건 다 충족할 수 없었다.

감사팀의 우민오 실장을 시켜 민철의 뒷조사를 몰래 해왔지만, 별다른 하자는 발견하지 못했다.

또한 민철을 대신할 만한 차기 회장 후보도 없다.

본래는 남성진이 있었지만, 그의 아버지라는 자가 강오선 사건을 주도한 장진석의 상관이라는 이미지가 주주들에게 강하게 인식되어 함부로 남성진의 이름도 언급할 수도 없게 되었다.

결국 남우진은 민철이 주주총회에서 차기 회장으로 내정되었음을 공식으로 선언하는 과정을 그저 두 눈 뜨고 바라볼 수밖에 없었다.

하지만 아직 반격의 기회는 남아 있다.

청진전자의 독립!

최후의 최후까지 가게 된다면, 남우진은 정말로 그 비장의 한 수를 꺼내 들 것이다.

"후……."

자신의 사무실에서 깊은 한숨을 내쉬는 남우진.

그러는 사이에, 가벼운 노크와 함께 사무실 안으로 모습을 내비치는 한 남자가 있었다.

남우진의 아들인 남성진이었다.

"아버지."

"…무슨 일이냐."

어지간한 일이 없으면 사무실로 잘 찾아오지도 않는 아들이다.

그런 성진이 구태여 사무실로 발걸음을 했다는 건, 필히 남우진에게 급한 볼일이 있다는 것이리라.

"며칠 뒤에 이민철 부장과 만날 거란 말을 들었습니다만."

"그랬었지."

"저도 그 자리에 데려가면 안 되겠습니까?"

성진의 말은 남우진의 미간을 찡그리게 만든다.

물론 성진이 민철에게 강한 라이벌 의식을 품고 있다는 건 남우진도 잘 알고 있다.

오히려 남우진은 성진의 그런 승부욕을 당연하게, 그리고 옳게 받아들이고 있었다.

승부욕은 결코 나쁜 감정이 아니다.

본인이 쓰러뜨리기 힘든 상대가 나타날 경우, 절망감을 느낄 수 있지만 동시에 일시적인 목표 의식도 심어준다.

남성진에게 있어서 이민철이란 자는 그런 역할을 해왔다.

완벽주의자이면서 동시에 까탈스러운 성격을 지니고 있는 남성진.

그의 주변에는 늘 자신을 뛰어넘는 자가 없었다.

그러나 성진의 앞에 이민철이 나타나고 나서 그의 인생은 달라졌다.

　반드시 뛰어넘고 싶다는 목표가 그의 앞에 등장했다.

　하지만…….

　"아서라. 이번에는 네가 나설 자리가 아니다."

　"그치만 아버지……!"

　"이건 청진그룹 차기 회장과 청진전자 부사장의 만남이다. 일개 사원 따위가 나설 만한 자리가 아니란 뜻이다. 잘 알고 있지 않느냐?"

　"……."

　"이건 정상회담이다. 단순한 만남의 자리가 아니야."

　남우진도 며칠 뒤에 가질 이민철과의 만남이 얼마나 중요한 자리인지 잘 알고 있다.

　민철은 괴물이 되어 돌아왔다.

　더 이상 남우진이 직급을 앞세워 왈가왈부 지시할 만한 사원이 아니게 되어버렸다.

　아마도…….

　두 사람의 만남이 청진그룹의 미래를 결정하는 일이 될 것이다.

　'이민철이라… 일찌감치 그 싹을 잘라냈어야 했는데…….'

후회하기에는 이미 너무 늦었다.

어찌 되었든 그와 만나서 이야기를 해보는 수밖에.

*　　　*　　　*

금요일 저녁.

퇴근을 서두르기 위해 준비를 마친 민철의 앞에 화연이 모습을 드러낸다.

"집에 가는 거야?"

"…어. 그보다 무슨 일이지?"

"네 차 좀 얻어 타려고."

"집까지 데려다 달라는 뜻인가?"

"응. 그 정도는 해줄 수 있잖아?"

"……."

평소의 민철이라면 '알아서 가라' 라고 말하며 그녀를 떼어냈을 테지만, 화연은 최근 민철을 위해 도안을 직접 마크하는 중요한 업무를 담당하고 있다.

화연이 차를 얻어 타고 싶다는 건 단순히 못된 심보에서 나온 부탁이 아니라 분명 민철에게 뭔가를 하고 싶은 말이 있어서일 확률이 크다.

"옆 좌석에 타."

"아싸~!"

민철의 허가가 떨어지자 곧장 자리를 옮긴 화연이 조수석에 탑승한다.

차량을 운전하며 빠르게 지하 주차장을 빠져나가는 민철과 화연.

운전대를 잡고 시선을 전방으로 고정시킨 와중에 민철이 먼저 그녀의 의도를 묻는다.

"무슨 할 말이 있어서 동행을 제안한 거지?"

"축하해 주려고."

"축하?"

"응. 곧 있으면 내기에서 승리하게 되잖아? 네가 회장직에 올라서는 순간, 신과 만날 수 있는 기회도 거머쥐게 되는 셈이니까."

"……"

화연의 말에 침묵으로 일관하는 민철.

사실 그녀의 말이 100% 맞다고 보기에는 힘들다.

민철이 남우진을 포섭하지 못하고 청진전자가 독립을 하게 되면, 청진그룹은 대다수의 힘을 잃게 된다.

자본주의의 정점을 차지한다는 게 신과의 만남을 얻을 수 있는 전제 조건이다.

그런데 힘을 잃은 청진그룹이 과연 자본주의의 정점이라

할 수 있을까?

천만에.

힘을 잃은 청진그룹을 다시 되살릴 바에야 차라리 상오그룹을 키우는 편이 훨씬 더 빠를지 모른다.

물론 그 최악의 결과를 막기 위해 이번에 남우진과의 만남을 성사시킨 것이다.

"아직까지는 장담할 수 없어. 방심은 금물이니까."

"오호, 과연."

화연이 고개를 끄덕이며 새겨듣겠다는 식의 반응을 보여준다.

말은 그렇다 하더라도 민철이 신과의 만남에 가까워진 건 사실이다.

이제부터 슬슬…….

화연도 민철을 통해 자신의 의도를 전달해야 할 필요가 있다.

"네가 해야 할 역할이 무엇인지는 잘 알고 있지?"

"신과 만나서 고차원적 존재들이… 특히나 네가 이끄는 세력들이 인간계를 잘 다스리고 있다는 걸 내가 직접 보고하면 되는 건가."

"응."

"특별한 증거가 될 만한 자료도 없는데?"

"가서 말만 해주면 돼. 넌 어디까지나 정식으로 테스트를 통과하고 당당하게 신과의 만남을 쟁취한 인간 대표니까. 네가 하는 말이 곧 진실이고 사실이 될 거야."

"…그렇군."

남우진과의 최후 담판이 끝나게 되면, 민철은 이제 곧 또 다른 존재를 상대해야 한다.

이제는 더 이상 인간계에 민철을 상대할 만한 적수가 없다.

그는 머지않아 곧……

천상계(天上界)로 나아간다.

*　　*　　*

토요일 저녁.

주말 저녁에는 늘 그렇듯 교통편이 별로 좋지 않다.

차를 끌고 나오는 것보다 차라리 지하철, 혹은 버스 같은 대중교통을 애용하는 게 더 심신에 도움이 될 정도니 말이다.

그러나 남우진은 아무리 차가 막히는 상황에서도 전철이나 버스를 이용하지 않는다.

대중교통 자체를 그다지 좋아하지 않기 때문이다.

사람들이 바글거리는 장소를 꺼린다.

예전부터 지금까지 남우진이 지니고 있는 습성 중 하나다.

남우진은 사람들의 머리 위에 군림하고 싶은 생각뿐이지, 그들과 하나가 되어 섞이고 싶은 생각 같은 건 없다.

그러기 위해서라도 돈과 더불어 사회적 지위를 높여야 한다.

하지만 그 앞에 커다란 장애물이 등장하게 되었다.

바로 이민철이다.

"어서 오세요."

종업원이 허리를 반듯하게 숙이며 남우진을 반긴다.

얼마 전, 서진구와 만났던 바로 그 가게다.

"안내해 드리겠습니다."

"……."

아무래도 민철은 이미 와 있는 상태인가 보다.

종업원의 안내에 따라 제법 구석에 위치한 방 안으로 들어서자, 그곳에서 먼저 와 기다리고 있던 민철이 일어서며 고개를 숙인다.

"오셨습니까, 부사장님."

"…일찍 왔군."

"부사장님과의 약속인데, 늦을 순 없으니까요."

"그렇군… 일단 앉지."

"예."

남우진의 제안에 따라 민철도 그대로 착석한다.

평소와 별반 다를 바 없는 깔끔한 정장 차림이다.

물론 남우진 역시 마찬가지지만 말이다.

"그럼 좋은 시간 보내세요."

종업원이 퇴장하면서 동시에 방문을 닫아준다.

한 공간 안에 단 두 사람만이 남게 된 상황.

두 사람 다 청진그룹 최중요 인물이다.

한쪽은 청진전자의 총수.

그리고 다른 한쪽은 청진그룹의 차기 회장이다.

만약 청진그룹에 다니고 있는 일개 사원이 두 사람의 모습을 본다면, 기겁을 할지도 모른다.

"그래… 서진구 부사장에게서 자네가 날 보고 싶어 한다고 들었네만……."

"예, 맞습니다."

"날 보자고 한 이유가 뭔가?"

"단도직입적으로 말씀드리겠습니다. 전 한경배 회장님과 다르게 남우진 부사장님과 한배를 타고자 합니다."

"…나와 한배를 탄단 말이지……."

"네, 그렇습니다."

"……."

말 대신 잠시 침묵으로 일관하는 남우진.

컵에 따라진 차를 한 모금 들이켜더니, 이내 민철을 응시하며 묻는다.

"자네와 내가 한배를 타게 된다면… 그 배의 주인은 누가 되는 건가?"

핵심을 찌르는 질문이다.

민철의 비유적인 표현을 잘 집어 반론을 가한 것이다.

남우진의 질문에 민철은 속으로 작은 탄성을 자아낸다.

이민철의 의도를 파악하기 위한 가장 좋은 질문을 들려준 셈이다.

'역시… 보통내기는 아니군.'

기껏 어렵게 마련한 자리다.

남우진을 자신의 세력으로 끌어들이기 위해선 먼저 본심을 드러낼 필요가 있다.

"송구스럽게도 그 배의 주인은 아마 제가 되지 않을까 싶습니다."

"허허… 자네가 선장이 되겠다 이거군."

"예."

"과연……."

잔을 내려놓은 남우진의 눈빛이 변한다.

청진그룹을 자신의 손아귀에 쥐고 싶다는 욕망을 지닌 남우진에게 있어서 방금 민철의 말은 상당히 심기가 불편할 발언일 것이 틀림없다.

그러나 민철은 표정 변화를 최대한 드러내지 않는다.

감정을 읽힐지도 모르기 때문이다.

"배가 많으면 사공으로 간다는 말이 있지. 자네의 배라면 굳이 날 사공으로 기용할 필요는 없다고 보는데… 어떻게 생각하나?"

"제가 생각하는 배는 단순한 나룻배 같은 작은 배가 아닙니다. 보다 큰… 전 세계를 품을 수 있는 거대한 배죠. 아무리 사공이 많이 늘어난다 하더라도 어디까지나 배를 빠르게 하는 데에 그칠 뿐, 과도한 노 젓기로 인해 산으로 갈 일은 없을 거라고 봅니다. 제 입으로 말하긴 좀 그렇지만, 이민철이란 이름의 선장은 꽤나 유능한 편이니까요. 그건 믿으셔도 될 겁니다."

"그런가……"

"그리고 한 가지 더 말씀드리자면, 전 남우진 부사장님을 사공으로 생각하지 않습니다. 어디까지나 손님으로서 극진한 대우를 다할 것입니다."

"난 사공이 아니라 그 배의 승객이 된다 이 말이군."

"굳이 비유하자면 그렇게 될 거 같습니다."

예전부터 남우진은 민철이 밀담을 잘한다는 생각을 하고 있었다.

하나 그건 어디까지나 직접 민철과 이렇게 본격적인 대담의 자리를 가지기 전의 생각일 뿐.

이민철은 자신이 생각하는 것보다 훨씬 더 뛰어난 화술 능력을 지니고 있었다.

그를 당황시키기 위해 일부러 스스로를 사공이라고 격하시키는 발언을 던졌지만, 민철은 오히려 손님이라는 단어를 써 남우진의 공격을 무마시켰다.

'꽤 어려운 자리가 되겠어…….'

이민철 몰래 속으로 한숨을 삼키는 남우진이었다.

*　　　*　　　*

이번 자리를 통해 어떻게 해서든 남우진을 자신의 편으로 끌어들여야 한다.

그러기 위해 민철은 그간 수많은 준비를 갖춰왔다.

남우진을 꾀어내기 위한 작전.

그리고 수많은 카드들을 일발 장전한다.

"나와 함께 가고 싶다면… 내가 자네의 세력에 합류하게 될 경우 발생하는 메리트가 뭐가 있을지 말해줄 수 있겠나."

"남우진 부사장님께서도 잘 알고 계실 겁니다. 청진전자는 청진그룹과 함께 붙어 있어야 의미가 있는 그런 곳입니다. 그런데 청진전자가 갑자기 독립을 선언하게 되면 두 회사의 가치가 그만큼 하락하게 됩니다."

"그건 나도 잘 알고 있지."

남우진도 그걸 모를 리는 없다.

하지만 그렇다고 회장 세력과 함께 계속 가고 싶다는 생각은 추호도 없다.

그래서 민철은 자신이 지니고 있는 첫 번째 회유 카드를 먼저 꺼내 든다.

"전 한경배 회장님과 다른 노선을 걷고 싶습니다."

"그 노선이 구체적으로 어떤 걸 뜻하지?"

"사람을 우선시하는 건 좋습니다. 하지만 결국 회사라 함은 영리를 추구하는 단체… 어느 정도 돈을 추구하고 움직여야 함이 맞다고 생각합니다."

그건 남우진도 같은 생각이다.

한경배 회장이 항상 간부들, 혹은 사원들에게 늘 하는 말이 있다.

사람과 사회의 공헌을 최우선시하라.

대기업이 되었다고 한들, 자본보다 기부, 기타 봉사 활동에 치중하라.

물론 그 말도 일리는 있다.

전 세계인들로부터 긁어모은 돈으로 성장한 회사 아니겠는가.

그만큼 사회를 위해 헌신하는 모습을 보여준다면, 회사 브랜드의 이미지도 상승하는 법이다.

하지만 문제는 여기서 한경배 회장과 남우진의 신념이 갈리게 된다.

사회 공헌도의 비중을 얼마만큼 두느냐에서 차이가 발생한다.

한경배 회장은 그 비중이 꽤나 큰 편이다.

하지만 남우진은 그에 반하는 의견을 제시한다.

그게 회장 세력과 부회장 세력, 두 파로 갈라서게 된 결정적인 계기다.

"사회적인 공헌도 중요하다고 봅니다만, 그건 어디까지나 가진 자가 보여줄 수 있는 일종의 '여유'라고 생각합니다. 그래서 전 영리를 추구함과 동시에 적정선에서 사회 공헌도를 유지할까 합니다. 여태 다방면으로 기부와 같은 선행을 펼쳤던 청진그룹이 하루아침에 갑자기 태도를 달리하게 된다면, 그만큼 욕먹을 만한 행동은 없다고 생각합니다."

"그건 맞는 말이지."

"일본 대지진, 혹은 이와 같은 대규모 자연재해가 발생했을 때에도 청진그룹이 도와주지 않을 이유는 없다고 생각합니다. 그건 남우진 부사장님도 동의하실 거라고 봅니다만."

"…인류적인 행동은 중요하니까."

공헌이라는 건 단순한 선행이 아니다.

브랜드 이미지 가치를 드높이기 위한 작업의 일종이기도 하다.

그래서 남우진은 딱히 청진그룹이 이 사회를 위해 봉사하는 모습을 보이는 것 자체에 대해선 반감을 가지진 않는다.

하지만 한경배 회장은 그걸 너무 지나치게 강조하는 감이 없지 않아 있다.

남우진은 한경배 회장의 이런 강압이 싫었던 것이다.

"결론부터 말씀드리자면, 저는 한경배 회장님과 남우진 부사장님, 두 분의 의견을 절충해 적절한 비율을 맞춰갈 생각입니다. 한경배 회장님도 이 점에 대해서는 동의를 해주셨습니다. 남우진 부사장님께서도 이에 발맞춰 양보하는 자세가 필요하다고 생각합니다."

"양보라……."

싸움과 투쟁.

그리고 전쟁.

이것들을 억제하기 위해서 필요한 건 압도적인 힘이 아니다.

바로 양보와 배려다.

한 발작 뒤로 물러서면, 구태여 전쟁을 일으킬 필요도 없어진다.

평화를 유지하기 위해서라도 양보의 미덕이 필요한 시점이다.

물론 청진그룹도 마찬가지다.

한경배 회장과 남우진 부사장.

이 두 사람의 싸움은 오랫동안 지속되어 온 게 아니다.

최근 들어… 상세함을 더하자면 5년 전부터 불화의 싹을 틔우게 되었다.

조금씩 엇갈리기 시작하는 마음.

그게 화근이 되어 두 사람을 갈라놓게 되었다.

남우진도 딱히 한경배 회장을 싫어하거나 하는 그런 생각을 품고 있진 않다.

인간적으로 존경하는 선배이기도 하다.

청진그룹을 여기까지 키워올 수 있었던 건 한경배 회장이 중심을 잡아줬기 때문에 가능한 일이었다.

그걸 생각한다면 한경배 회장의 힘을 결코 무시할 수 없다.

"제가 말씀드리고 싶은 건… 저는 한경배 회장님과 다른 노선을 걷겠다는 말을 전해 드리고 싶었습니다. 물론 그 노선은 한경배 회장님의 뜻에 위배되는 것도, 남우진 부사장님의 의견을 등한시하는 것도 아닙니다. 제3의 선택지이자 동시에 절충안이라고 보시면 될 듯합니다."

"절충안이라……."

그 자존심 높은 한경배 회장이 먼저 양보를 했다.

남우진 역시 그 양보에 응하지 않을 순 없을 터.

그것보다 남우진을 놀라게 만든 건 한경배 회장이 먼저 양보를 했다는 점이 아니다.

바로 한경배 회장을 설득한 이민철이다.

"예전부터 자네의 가치를 높게 평가했지만… 설마 내가 해내지 못한 한경배 회장님의 설득을 자네가 직접 해낼 줄은 꿈에도 몰랐군."

"그건 어디까지나 제가 중립의 위치를 지켜왔기 때문입니다."

"중립이라……."

물론 이민철은 한경배 회장의 세력 산하에 있는 인물이다.

하지만 남우진을 공격할 당시에는 적극적으로 자신의 공적을 앞세우지 않았다.

민철은 최대한 적을 두지 않기 위해 특정 인물을 공격할 당시 가급적이면 민철이 이번 일에 관여했다는 걸 숨겨왔다.

그 덕분에 남우진 부사장은 최근에 들어서야 자신의 진정한 적이 누구인지 알게 되었다.

남우진이 이제야 눈치를 챘을 정도인데, 그를 따르는 부하들은 오죽하랴.

하지만 적인 줄 알았던 이민철은 오히려 남우진을 회유하기 위해 접촉을 펼쳤다.

이민철 자신은 남우진의 적이 아니라는 걸 다시 한 번 어필하기 위해서다.

"비록 제가 한경배 회장님을 모시고 있지만… 그건 어디까지나 차기 회장 자리를 차지하기 위함입니다. 그리고 구태여 남우진 부사장님은 제가 없어도 남성진이라는 훌륭한 인재가 버티고 있지 않습니까."

"허허… 이 자리에서 설마 자네한테 내 아들 칭찬을 들을 줄은 몰랐는데."

"남성진 씨는 머리가 좋은 남자입니다. 그와 함께 강오선 사건을 해결하기 위해 여기저기 다닐 때 깨달았지요. 만약 제가 없었다면, 분명 성진 씨가 저를 대신했을 겁니다."

"자네가 성진이 녀석보다 위에 있다는 건 부정하지 않군."

"죄송합니다. 딱히 성진 씨를 욕보일 생각은 없었습니다."

"아닐세. 실제로 결과만 놓고 봐도 내 아들을 제치고 자네가 차기 회장으로 내정받았으니… 그에 대해선 나도 뭐라 쓴소리를 늘어놓을 만한 입장은 아니라고 생각하네."

"이해해 주셔서 감사합니다."

두 사람이 말을 이어가려던 찰나에.

문이 열리며 종업원이 음식들을 차례차례 올려놓기 시작한다.

"주문하신 음식 나왔습니다."

"음……."

종업원이 문을 닫고 나간 뒤.

남우진이 먼저 입을 연다.

"그래… 자네가 한경배 회장님과 다른 노선을 걷겠다고 말한 건 알겠네. 하지만 굳이 내가 자네의 세력에 힘을 보태줄 이유가 있나?"

"이유라면 한 가지 있습니다."

"뭐지?"

"바로 이것입니다."

그가 제시하는 두 번째 회유 카드의 차례.

민철이 서류 가방 안에서 종이 뭉치를 내민다.

천천히 종이를 받아 든 남우진이 빠르게 내용을 훑어 내려가기 시작한다.

그와 동시에.

"이건……."

남우진의 눈길이 가늘어진다.

고청산업에 관련된 비리가 나열되어 있었기 때문이다.

"장진석 전(前) 전무께서 회사 돈을 몰래 횡령한 내역을 기록한 증거 자료들입니다."

"…자네가 조사한 건가?"

"예."

"……."

장진석 전무, 그리고 고청산업과 관련된 비리는 치명타다.

왜냐하면…….

남우진도 이와 연관되어 있기 때문이다.

"날 협박하려고 드는 건가?"

"그건 결단코 아닙니다."

"그럼 무슨 이유로 고청산업을 조사한 거지?"

"제가 아는 기자로부터 고청산업이 장진석 전무와 실질적
으로 관련이 있는 중소기업이란 소식을 듣게 되었습니다. 혹
시 몰라 조사하는 과정에서 우연치 않게 횡령에 관한 내용이
나오게 되었습니다."

"……."

"구태여 시간을 끌 필요는 없다고 생각해서 감히 말씀드리
겠습니다. 이 횡령 사실은 서진구 부사장님도, 그리고 한경배
회장님도 알고 계십니다."

"자네가 고발했나?"

남우진의 물음에 민철이 서서히 대답을 들려준다.

"아닙니다."

"……."

여기서부터가 분기점이다.

고청산업에 대해 두 사람에게 알려준 건 다름이 아닌 이민철이다.

하나 민철은 거짓말을 선택했다.

여기서 민철이 직접 두 사람에게 횡령에 관한 사실을 이실직고했다는 말을 하게 되면, 그다음부터 건널 수 없는 강을 건너 버리게 된다.

그래서 민철은 일부러 거짓말을 하게 된 것이다.

그리고…….

아직 그의 거짓말은 끝나지 않았다.

"서진구 부사장님과 한경배 회장님은 진작부터 횡령에 관한 사실을 알고 계셨습니다. 제가 이 사실을 눈치챘을 당시에는 남우진 부사장님에게 최후의 일격을 가하기 위해 모든 준비를 마친 상태였습니다. 조만간 남우진 부사장님이 저지르신 횡령을 두 분께서 전부 다 발설하실 예정입니다."

"……."

"제가 남우진 부사장님에게 해드릴 수 있는 건 '그 고발을 없던 걸로 해드릴 수 있다' 라는 겁니다."

"자네가… 두 분의 입을 막을 수 있다고?"

"네."

고청산업에 관한 것을 두 사람에 알려준 건 이민철이다.

그러나 민철은 여기서 가상의 시나리오를 하나 짜뒀다.

서진구와 한경배 회장. 두 사람은 이민철이 고청산업을 조사하기 전부터 이미 횡령 사실을 알고 있었다.

그리고 남우진의 세력을 약화시키기 위해 간부 회의에서 이러한 자료를 발표하기 위한 준비를 서두르는 중이다.

물론 이러한 사실들은 전부 두 사람과 사전에 미리 말을 맞춰둔 상황이다.

"자네가 두 분의 입을 막음으로 인해… 얻는 이득이 뭐지?"

"아까도 말씀드렸다시피 전 남우진 부사장님을 필요로 하고 있습니다. 회장이 된 이후에도 저를 도와주신다면, 저 역시 남우진 부사장님을 적극적으로 도와드릴 수 있습니다. 한쪽만 일방적으로 도움을 받는 게 아닌… 다시 말해서 상생이지요."

"……."

횡령에 관한 사실이 유포되면 그건 치명적이다.

강오선 사건의 경우에는 그래도 장진석이 직접 일을 추진했기 때문에 남우진의 혐의는 미약하다 할 수 있으나…….

횡령은 비난을 피하기 힘들다.

왜냐하면 남우진 부사장도 직접 관여를 해왔기 때문이다.

이민철이 제시한 두 번째 카드.

횡령에 관한 사실을 덮어주는 대신, 자신을 도와달라.

첫 번째 카드에 비해 두 번째 회유 카드는 그 존재감부터가 달랐다.

가뜩이나 배신자로 낙인찍힌 장진석 전무의 이미지도 안 좋은데, 여기서 장진석 전무와 함께 횡령을 저질렀다는 게 밝혀지기라도 한다면…….

남우진은 끝장이다!

그의 두 손에 힘이 들어가는 걸 목격한 민철.

'거의 다 넘어왔군.'

드디어 민철이 마지막 세 번째 회유 카드를 꺼내기 위해 다시 한 번 입을 연다.

"제가 남우진 부사장님에게 드릴 수 있는 또 하나의 선물이 있습니다."

"그게… 뭔가?"

이미 횡령에 관한 이야기 때문에 상당한 대미지를 입은 남우진이다.

세 번째 회유 카드라고 해봤자 이미 횡령 사건을 덮어주겠다는 것보다는 덜할지도 모른다는 생각을 품으며 건성으로 대답하는 남우진.

그러나.

그의 예상을 뛰어넘는 어마어마한 회유 카드가 제시된다.

"남우진 부사장님께서는 혹시… 정계 쪽에 욕심이 있으십니까?"

*　　　*　　　*

"정계… 진출?"

"예. 그렇습니다."

예상하지 못한 단어가 튀어나온 탓에 남우진 또한 제대로 포커페이스를 유지할 수 없었다.

뜬금없이 정계 이야기라니.

민철과 전혀 관계없는 이야기가 아닐까 싶다.

"정계라면… 사내 정치 싸움을 뜻하는 건가?"

"아닙니다. 전 남우진 부사장님께 이런 말씀을 드리고 있는 겁니다."

민철이 잠시 말을 끊는다.

이윽고 남우진이 자신의 귀를 의심하기 시작한다.

"전 남우진 부사장님께 의원 자리 하나 정도는 선물로 드릴 수 있는 능력이 됩니다."

"나에게… 의원이라고?"

"예."

"허허… 그거야말로 말이 안 되는 이야기군. 정계와 아무런 연이 없는 자네가 어찌 힘을 써서 나에게 의원 자리 하나를 선물로 바친단 말인가?"

"이한선 의원이라고… 혹시 알고 계십니까?"

"이한선? 그 사람은 분명……."

정치에 관심이 없는 사람이라 하더라도 전국을 돌며 서민들을 위해, 그리고 사회적 약자를 위해 몸소 실천을 하는 모습을 보이는 사람이란 것 정도는 이미 다 알고 있다.

보기 드문 국회의원이라는 점에서 상당히 강한 인식을 심어준 그런 사람이다.

보통 국회의원이라 함은 의원으로 선출되기 전까지 주구장창 공약만을 이야기했다가 막상 의원 자리에 오르면 나 몰라라 하는 자들 아닌가.

하나 이한선은 비록 때가 늦긴 했지만, 자신이 내세운 공약들을 하나하나 직접 실천해 보이고 있다.

가난한 자들에게는 아낌없는 지원을.

힘없고 병든 자들에게는 의료 혜택을.

그리고 직장과 꿈을 잃은 자들에겐 새로운 이상향을 심어준다.

그 덕분에 이한선의 행보에 모든 국민들이 열렬한 찬사를 보내고 있는 실정이다.

오죽하면 벌써부터 대선 이야기가 나올 지경이란 말인가.

"이한선 의원이라… 사람이 참 깨끗하고 좋은 사람이지. 대한민국 국회의원이라 하기엔 너무 안 어울리는 사람이야."

"이한선 의원의 주변에 떠도는 소문에 대해 혹시 들으신 적이 있습니까?"

"소문? 그러고 보니……."

이한선은 깨끗하고 청결한 이미지를 지닌 사람이다.

탈세 의혹에 단 한 번도 휘말린 적이 없으며, 횡령과 비리 등 각종 부정부패에도 그의 이름이 거론된 적은 없었다.

그러나 소수의 사람들은 이런 의혹을 제기하고 있었다.

이한선, 그가 어떻게 갑자기 이런 활발한 행보를 이어갈 수 있게 된 건가.

그것은 다시 말해서.

이한선을 지원하는 자금줄이 과연 어디인지에 대한 질문과도 같을 것이다.

"따로 스폰서가 있을 거라 들었는데… 그래 봤자 전부 다 추측일 뿐. 아직까지 정확한 증거나 자료가 나오진 않았으니까."

"사실 그 자금은 상오그룹에서 나오는 겁니다."

"뭐……?!"

상오그룹.

요식업계 쪽에서 활발한 활동을 보이며 2015년 올 한 해 대한민국 기업 성장률 1위를 달성한 신흥 대기업이다.

하지만 놀랄 만한 부분은 상오그룹의 성장 기세가 아니다.

바로 이민철의 아내이기도 한 이체린이 상오그룹의 차기 총수라는 점이다.

"설마… 자네가……!"

모든 퍼즐 조각이 남우진의 머릿속에서 빠르게 조립되기 시작한다.

결론은 단 하나.

이한선을 지원한 사람은 바로…….

이민철이다!

"예, 그 대형 스폰서가 사실 접니다."

"말도 안 되는군… 그런 쪽으로 힘을 기울이고 있었을 줄이야……!"

"이한선 의원뿐만이 아닙니다. 강오선 의원도 포섭해 뒀습니다. 그를 움직여 신오름당에 이한선 의원을 차기 서울 시장 출마 후보로 밀자는 여론을 형성해 뒀습니다."

"어허……."

"지금 이 상태로 이한선 의원의 깨끗한 이미지를 계속 이어간다면 분명 서울 시장직은 따놓은 당상이겠지요. 투표 참가율이 높은 50~60대 이상의 노년층에도 이한선 의원의 인기는 하늘을 찌를 듯합니다. 게다가 노인분들에게 압도적인 지지를 받고 있는 정당이 바로 신오름당 아니겠습니까. SNS를 통해 '소통하는 의원, 이한선'이라는 슬로건을 내걸며 젊은이들과의 커뮤니케이션을 활발하게 하며 동시에 노년층도 동시에 공략하고 있습니다. 서울 시장 당선에 큰 이변은 없을 겁니다."

"과연… 그렇군……."

설마 민철이 정계에서 몰래 공작을 펼치고 있을 줄은 몰랐다.

게다가 이제는 들을 일이 없을 거라 생각했던 강오선까지.

도대체 어떤 방법을 썼길래 이들을 전부 다 포섭했는지 궁금할 지경이지만, 이 자리에서 묻는다 하더라도 민철은 아마 대답해 주지 않을 것이다.

"남우진 부사장님께서는 훌륭하신 분입니다. 물론 지금 당장은 아니더라도, 나중에 괜찮은 의원직 하나 마련해 드릴 수는 있습니다. 남우진 부사장님 정도 되시는 분께서 의원 타이틀 하나 달고 계셔도 괜찮지 않겠습니까?"

"의원이라……."

물론 매력적인 제안이다.

국회의원은 결코 쉽게 될 수 없는 자리다.

금전욕 다음에는 결국은 권력 욕심 아니겠는가.

국회에 출퇴근 도장을 찍는 자신의 모습을 상상해 보는 남우진.

결코 나쁘지 않다.

"이한선 의원을 최종적으로 어디까지 밀어줄 생각인가?"

"대통령직입니다."

"대통령이란 말이지⋯⋯."

다른 곳도 아니고 서울 시장 출마 이야기가 나왔을 당시, 남우진은 은연중에 이민철의 대답을 예상하고 있었다.

서울 시장 이후 대통령.

말 그대로 정석의 길 아니겠는가.

게다가 이한선이라면 충분히 가능하다.

물론 그가 대통령이 된다면 대기업의 입장에서 조금 꺼림칙한 이야기가 될지도 모른다.

서민들을 우선으로 생각하는 남자, 그자가 바로 이한선이다.

기업들에게는 강도 높은 세무조사가 빈번하게 시행될지도 모른다.

뒷돈 받아먹기 좋아하는 자들에겐 이한선의 행보가 결코 달갑게 들리지 않을 터.

그러나 청진그룹은 자체적으로도 부정행위에 대해 강도 높은 단속을 행하고 있는 대기업이다.

이한선이 대통령이 된다 하더라도 그리 불리한 환경이 조성되지 않을 것이다.

전혀 염두에 두지 않았던 세 번째 회유 카드.

민철이 그간 만들어낸 최후의 필살기다.

정계 진출.

제아무리 남우진이 청진그룹을 독차지한다 하더라도 정계 진출은 자신의 마음대로 되지 않는다.

사전에 밑밥을 뿌려두는 작업도 미리 해둬야 하며, 그때그때 상황이 달라지기 때문에 남우진이라도 쉽게 할 수 없는 게 바로 정계 진출이다.

그러나 이한선이 훗날 대통령이 되어 자신을 적극적으로 밀어준다면?

다수의 정치 세력들이 남우진을 도와주면 정계 진출도 꿈은 아니다.

"이민철 부장… 자네는 정말 천재구만."

"전 그저 남우진 부사장님께 어떤 선물을 드려야 기뻐하실지에 대한 고민을 하고, 그걸 미리 실천에 옮겼을 뿐입니다."

"실천이라… 확실히 권력을 손에 쥘 수 있게 해준다는 그 말은 매력적이지."

청진전자 부사장 정도 되면, 사실 수입원에 대해선 그다지 큰 매력을 느끼지 않는다.

이미 대한민국 상위 0.1% 안에 들었는데, 여기서 더 돈을 추구해 봤자 무엇하랴.

일정 이상의 금전욕을 충전시키면, 그다음 욕구는 권력 쪽으로 향하게 된다.

실제로 대기업 출신 의원들도 꽤 있는 편이다.

남우진이라고 그들처럼 되지 못하란 법이 어디 있겠나.

물론 남우진 스스로도 힘을 쓴다면 분명 정계 쪽에 자신의 자리 하나 마련하는 것 정도는 할 수 있을 것이다.

하지만 이미 민철이 전부 다 길을 내줬는데 구태여 어려운 길을 선택할 필요가 뭐가 있을까.

비포장도로를 달리느냐, 아니면 아스팔트가 쫙 깔려 있는 편한 도로를 달리느냐.

그 차이점이다.

'나를 손님으로 예우하겠다는 게… 이걸 염두에 둔 발언이었나.'

이민철이 깔아놓은 고속도로를 그저 달리기만 하면 된다.

손쉬운 일 아니겠는가.

"제가 남우진 부사장님께 해드릴 수 있는 건 이 정도입니다."

민철이 마무리를 짓기 위한 멘트를 들려준다.

이제 슬슬 이 최후 담판의 끝을 고할 때가 왔다.

민철은 자신이 제시할 수 있는 모든 회유 카드를 전부 다 제시했다.

남은 건 남우진 부사장의 결정뿐이다.

"저와 함께하시겠습니까?"

단도직입적인 질문.

평소의 남우진이라면 단칼에 거절했을지도 모른다.

그러나 민철은 그를 회유하기 위해 다수의 혜택들을 제공했다.

놓치기에는 너무나도 아까운 것들이다.

심지어 민철의 제안을 거절하는 순간, 곧장 들어올 공격 역시 매섭다.

거절하면 독이 되고, 받아들이면 보약이 된다.

이것은 이미······.

결정된 이지선다에 불과하다.

"···내가 졌군."

남우진 부사장이 미묘한 웃음을 짓는다.

그의 패배다.

하지만.

결코 기분 나쁜 패배는 아니다.

왜냐하면, 남우진은 자신의 손으로 청진그룹을 손에 거머쥐는 것보다 더 큰 혜택을 얻었기 때문이다.

바로 이민철이라는 자에 의해서 말이다.

*　　　　*　　　　*

후에 이어진 남우진과의 대담은 사사로운 것들이었다.

앞으로 어떤 식으로 민철과 손을 잡을지.

그리고 어떻게 청진그룹을 이끌어갈지.

이런 것들이 주를 이뤘다.

청진그룹 대통합의 시대가 열린 것이다!

―그런가… 남우진, 그 녀석이 드디어…….

스마트폰 너머로 한경배 회장의 작은 감탄이 들려온다.

민철에게서 결과 보고를 받는 와중에도 한경배 회장은 연신 웃음소리를 자아내고 있었다.

황당해서가 아니다.

오랫동안 품어왔던 갈등을 이민철이란 남자가 종결시켜준 덕분에 나오는 안도의 웃음이다.

만약 민철과 같은 제3자가 나서지 않았다면, 한경배 회장과 남우진은 평생 화해할 일도 없었을 것이다.

이래서 중재자 역할이 중요하다.

민철은 한경배 회장 세력에 전적으로 가담하는 척을 하면서 남우진을 회유했다.

이건 앞으로 청진그룹 역사에 길이 남을 업적이 될 것이다.

―수고했네. 자네가 정말 고생이 많았어.

"아닙니다, 회장님."

―그래… 곧장 집에 들어가는 건가?

"예. 시간도 이미 늦었으니 회장님 자택은 내일 찾아뵙도록 하겠습니다."

―진구 녀석도 미리 호출을 해둬야겠군… 알겠네. 그럼 내일 만나서 좀 더 상세한 이야기를 듣는 걸로 합세.

"알겠습니다."

통화를 끊은 뒤.

아파트 주차장에 차를 정차시킨 민철이 잠시 차량의 시트에 몸을 맡긴다.

오늘은 민철이 넘어야 할 거대한 장애물 하나를 넘은 역사적인 날이다.

차기 회장으로 내정되었지만, 남우진을 회유하지 못하면 신과의 만남을 달성시키지 못한다.

그래서 민철은 어떻게 해서든 남우진을 자신의 세력으로 포섭해야 했다.

그러기 위해 나름 오랜 기간에 걸쳐 준비한 회유 카드들이 오늘 드디어 빛을 보게 되었다.

"강철호 팀장에게도 제대로 된 보답을 해줘야겠군."

두 번째 카드를 완성시키는 데에 지대한 공을 세운 인물이 바로 감사팀의 강철호 팀장이다.

고생한 그에게도 포상을 내려야 훗날 재차 이런 비슷한 일이 생길 때 민철을 적극적으로 도우려고 나설 것이다.

차량에서 하차한 뒤.

잠시 하늘을 올려다보는 민철.

"참으로 오래 걸렸어……."

다른 사람의 기준에선 민철의 성공 가도가 빛의 속도라는 생각이 들 만큼 빠르게 느껴질지도 모른다.

그러나 레이폰 더 데스사이드의 기준으로 봤을 때는 '이제서야'라는 느낌이 강했다.

"오늘은 오랜만에 두 발 뻗고 잘 수 있겠군."

만족스러운 웃음과 함께 다시금 가벼운 발걸음을 재촉한다.

이것으로 자신에게 주어진 모든 미션은 클리어했다.

이제 남은 건…….

신과의 만남뿐이다.

제5장

태동

차기 회장으로 내정된 이민철.

그는 사내 직원과 회사 주주들에게도 후계 승계를 공식적으로 발표하는 동시에 또 다른 작업을 진행하고 있었다.

총괄기획부 사무실 내부에 위치한 회의실 안.

"이거 참… 설마설마했는데 정말 회장 자리까지 올라서게 되실 줄은 꿈에도 몰랐습니다."

최서인 기자가 진심으로 놀랐다는 듯이 감탄을 토한다.

그는 이민철이 처음 이 회사에 면접을 보러 왔을 때부터 연을 가져 온 인물이다.

더러 조력자 역할을 하면서 그를 도와주긴 했지만… 설마 그가 청진그룹의 차기 총수가 될 줄이야.

청진그룹 내부에는 이미 공문까지 돌아 민철이 차기 회장이 되었음을 알리는 소식이 일파만파 전해졌다.

이제 남은 건 외부에 이 사실을 알리는 것뿐.

그러기 위해서 다시 한 번 언론 매체의 힘을 빌려야 했다.

"그저 운이 좋았던 거죠."

"운이라니요! 단순히 운만으로 청진그룹 차기 회장이 된다면… 민철 씨, 오늘 가는 길에 복권 좀 많이 사두셔야 할 거 같은데요, 하하하!"

이민철 본인은 운이라고 하지만, 누가 봐도 이건 그의 치밀한 계획으로 얻은 결과물이라는 걸 알 수 있다.

그는 처음 입사했을 당시부터… 아니, 어쩌면 간부 면접을 치르는 과정에서부터 이미 차기 회장을 차지하기 위한 일련의 장치들을 전부 다 준비했을지도 모른다.

민철의 가장 큰 무기가 되어준 건 바로 서진구와 한경배, 두 사람과의 인연이다.

이 무기를 앞세워 민철은 점점 가지를 뻗어나가듯 하나하나씩 자신의 가치를 높이는 일들을 벌여왔다.

그 결과가 드디어 최근 들어 결실을 맺게 되었다.

"취임식은 거창하게 치러지겠군요. 한경배 회장님의 뒤를 잇는 최초의 회장이 탄생하는 자리니까요."

"아무래도 그렇게 되겠지요."

"한예지 양이 섭섭하게 생각하진 않으시던가요?"

최서인이 슬쩍 예지의 근황을 묻는다.

오늘은 민철을 인터뷰하기 위해 온 거지만, 본래 기자의 본성은 이렇다.

정보는 얻어 갈 수 있을 만큼 최대한 얻어 가는 게 좋지 않은가.

게다가 한예지는 집안 배경도 좋을뿐더러 외모, 몸매, 그리고 성격 등 소위 말해서 여성적인 요소를 상품화할 만한 요소가 충분한 사람이다.

덕분에 다수의 연예 기획사에서 예지에게 스카우트 제의를 해왔지만, 그녀는 애초에 그런 쪽에는 전혀 관심이 없기에 단호히 거절을 해왔다.

민철이 회장 자리를 차지하게 된다면 예지가 굳이 전면에 나서서 회사 경영에 참여해야 할 필요는 없어진다.

어차피 청진그룹은 민철의 것이니까.

그렇다면 예지의 향후 향방도 중요하다.

"좀 더 회사 경영에 대해 배우고 싶다 해서 시간적 여유를 가진 뒤에 다시 저와 함께 일할 거 같습니다."

"오호… 그렇군요."

민철이 차기 총수가 되었다 하더라도 결국 이 회사를 만든 인물은 바로 한예지의 할아버지다.

손녀로서 회사 경영에 완전히 손을 떼는 것도 그녀의 성격상 불가능한 일일지도 모른다.

당분간은 한경배 회장의 곁을 지키며 그가 여생을 다하는 날까지 수발을 들 예정이라고 한다.

그 이후는 회사 경영에 관한 공부를 하면서 조금씩 민철을 도울 것이다.

"한예지 양은 할아버님을 상당히 좋아하시는가 보군요."

"아무래도 유일한 가족이라서 그런 거 아니겠습니까?"

"하긴, 그렇지요."

최서인이 어느 정도 납득이 된다는 듯이 고개를 끄덕인다.

강오선 사건이 오히려 예지에게는 도움이 되었을지도 모른다.

어쭙잖게 회사를 물려받게 되면, 거기서 오는 스트레스를 그녀가 감당할 수 없었을 것이다.

차라리 일찌감치 자신의 그릇을 깨닫고 민철에게 자리를 양보한 것이 다행이라고 본다.

최서인이 얼추 조사한 자료들을 가방에 정리해 담기 시작한다.

"알겠습니다. 이야기는 얼추 정리된 거 같으니… 이제 그만 이민철 부장님 업무 방해하지 말고 사라져야지요."

"아닙니다. 지금은 저도 딱히 급한 업무는 없었는걸요."

"그래도 제가 회사에 너무 오래 남아 있으면 다른 사람들이 눈치를 보니까요. 기사는 조만간 빠르게 작성해서 각종 포털 사이트에 대문짝만하게 걸어두겠습니다."

"그럼 잘 부탁드리겠습니다."

"예, 그리고 차기 회장으로 내정되신 거, 다시 한 번 축하드립니다. 앞으로 뭔가 특종거리 같은 거 있으면 언제든지 불러주세요."

"알겠습니다."

서로 가볍게 악수를 주고받은 뒤.

총괄기획부 사무실을 나서며 모습을 감추는 최서인을 배웅해 준다.

다시 사무실로 돌아오자, 조 실장이 민철에게 최서인 기자와 인터뷰를 하느라 전하지 못한 말을 들려준다.

"민철아. 구 부장님이 언제쯤 인수인계해 줄 거냐고 물으시던데?"

"언제 또 연락을… 제가 답변드릴게요."

"그래, 알았다."

구 부장에게 인수인계를 시작하는 건 다음 주부터 하기로 일정을 잡고 있다.

이제부터 슬슬 총괄기획부 사령탑을 구 부장에게 물려줄 때도 되었으니 조금 더 바삐 움직여야 할 필요가 있다.

안 그래도 민철이 신경 써야 할 일이 또 하나 있으니 말이다.

*   *   *

민철이 차기 회장으로 내정될 때쯤, 체린 역시 그녀의 아버지인 승부와 체린의 스승 격이기도 한 최현수 전무와 중요한 이야기를 나누고 있었다.

"남편 되시는 분이 벌써 차기 회장님이 되었다니… 허허, 이거 참. 신기한 일이군요."

최현수가 너털웃음을 터뜨린다.

처음 민철을 봤을 때, 평범한 인물이 아닐 거라곤 생각했었지만 청진그룹의 차기 총수가 될 거라곤 생각도 못 했다.

물론 민철을 가장 가까운 곳에서 지켜봐 온 체린은 그가 곧 청진그룹이란 거대 자본을 손에 넣을 거라 예상하고 있었다.

하지만 아직까지 확정된 것은 아니었기에 여기저기에 자신의 남편 자랑(?)을 할 수는 없었다.

그러나 이제는 속으로 끙끙 앓고 있을 필요도 없다.

"오늘 정식으로 기사가 올라왔더군."

대표 사무실 안에서 스마트폰을 매만지던 이승부가 최현수의 말에 응수하듯 대답해 준다.

외부에 공식적으로 발표를 할 정도면 거의 확정되었다 봐도 무방하다.

대한민국을 거의 먹여 살린다 해도 과언이 아닌 청진그룹이다.

2대째 총수가 결정되었는데, 관심을 가지지 않을 사람이 어디 있겠는가.

"대표님께서는 정말 복 받으셨군요. 따님은 상오그룹 총수에, 사위는 그 유명한 청진그룹의 총수라니… 허허, 축하드립니다."

본래 승부는 이런 칭찬의 말에도 무뚝뚝한 반응을 보이기만 하는 남자였다.

하지만 오늘 같은 경사스러운 날에도 무게를 잡을 필요가 있을까.

"나쁘진 않군."

아주 옅은 미소.

그게 승부가 보여줄 수 있는 최대한의 기쁨 표현이다.

"그것보다도……."

최현수가 뭔가 할 말이 있는 모양인지 승부와 체린을 번갈아 본다.

"사위님께서도 이제 정식으로 차기 회장이 되었다는 사실이 공표되었는데, 대표님도 슬슬 비슷하게 일을 진행해야 하지 않겠습니까."

"음, 그렇지."

상오그룹은 체린에게 회사를 물려준다 하더라도 딱히 이견을 가질 인물이 없다.

애초에 두 부녀가 거의 만들어오다시피 한 회사이기 때문이다.

이번에 민철의 이야기가 정식으로 공표되었으니, 상오그룹도 본격적으로 체린을 차기 회장직으로 내정한다는 말을 전해둘 필요가 있다.

어차피 이건 암묵적으로 상오그룹 관계자들과 이미 다 합의를 본 상황이기에 큰 어려움은 없으리라 보인다.

"그리고 한 가지 더 말씀드릴 게 있습니다만."

최현수 전무가 재차 발언권을 구사한다.

그의 부탁에 승부가 고개를 끄덕여 주며 말해보라는 식으로 허락을 한다.

"황고수 부장에 관한 이야기입니다만."

"황 부장이라… 말해보게."

"그를 이제 이사로 승진시킬까 합니다만. 대표님과 아가씨의 생각은 어떤지요."

"음……."

황고수는 상오그룹으로 둥지를 옮긴 이후 말 그대로 '날아다닌다'는 표현을 써도 될 만큼 맹활약을 보여주고 있다.

청진그룹에서 갈고닦은 영업 실력.

그리고 인맥.

이 모든 것들을 지닌 황고수 덕분에 현재 상오그룹의 성장 그래프는 대각선도 아닌 거의 수직으로 상승 중이다.

잠시 고민을 해보던 이승부가 최현수의 제안을 흔쾌히 받아들인다.

"자네의 부탁이라면 거절할 수가 없지. 내 한번 고려해 보겠네."

"감사합니다, 대표님."

황고수도 얼마만큼 오랫동안 부장직을 맡아온 사람인가.

이제는 슬슬 간부 자리 하나 꿰차도 될 만한 시기까지 오게 되었다.

이체린 차기 회장과 황고수 이사.

상오그룹도 내부적으로 큰 변화의 바람을 맞이할 준비를 서두른다.

* * *

민철의 차기 회장 내정에 관한 뉴스가 여기저기 퍼지면서 동시에 각 분야의 중요 인사가 앞다투어 민철에게 축하 메시지를 보내오고 있었다.

덕분에 예상치 못한 고충을 겪게 된 인물은 바로 체린이었다.

"이게 오늘 하루 동안 온 택배입니다."

"……."

관리인이 보여주는 선물 더미.

체린은 그저 아연실색한 얼굴로 이 엄청난 수의 선물들을 바라볼 뿐이었다.

민철에게 잘 보이고 싶은 마음은 그녀도 공감한다.

하지만.

"과유불급이라는 말을 그 사람들이 알까 모르겠네……."

물론 그들은 민철과 체린의 집에 이렇게나 많은 선물이 배달될 거라곤 생각하지 못했을 것이다.

나 하나쯤이야.

그 생각에서 비롯된 선물 공세가 선물 테러로 바뀌었다.

어차피 체린 혼자서는 들고 가지도 못한다.

집에 갔다가 나중에 민철과 같이 가지러 올까 하는 생각을 품던 체린이었으나.

"여기 있었군."

때마침 체린과 퇴근 시간이 겹친 모양인지 연락을 받고 온 민철이 관리실에 모습을 드러낸다.

　"민철 씨! 오늘 일찍 들어왔네?"

　"요즘은 업무가 별로 없어서… 그보다 많군."

　들었던 것보다 훨씬 많다.

　그래도 계속 관리실에 방치할 수도 없는 노릇 아니겠는가.

　"웃차!!"

　여러 개의 선물을 한꺼번에 드는 민철.

　그 모습을 지켜보던 늙은 관리인이 민철에게 충고하듯 말해준다.

　"새신랑이 그러다가 허리라도 나가면 어떻게 하려고 그러나!"

　"괜찮습니다, 어르신. 이래 봬도 제가 힘 하나는 장사거든요!"

　어찌어찌해서 결국 선물 뭉치를 집으로 가지고 온 민철과 체린.

　"이거… 일일이 다 뜯어서 확인해 보는 게 좋겠지?"

　체린이 혹시나 해서 묻는다.

　그러자 민철이 당연하다는 식으로 고개를 끄덕인다.

　"괜히 뒤가 구릴 만한 물건이 나오면 곤란하니까."

　간단하게 말하자면 돈 같은 거라든지 이런 게 나오면 난감하다.

혹여나 나중에 이런 걸로 트집을 잡힐 우려도 있기 때문이다.

안 그래도 민철은 차기 회장으로 내정을 받은 순간, 뒷돈의 유혹에 빠져들지 않게끔 최대한 주의하는 중이다.

어렵게 잡은 회장직 아니겠는가.

그런데 고작해야 단 몇 푼 더 먼저 만져 보겠다고 미래의 기회를 날려 버릴 순 없는 일이다.

게다가 민철 부부는 금전적으로도 전혀 부족함이 없이 잘 살고 있다.

굳이 뒷돈을 받지 않아도 충분하다.

"돈 다발 같은 게 나오면 바로 알려줘. 그밖에 뒤가 켱길 만한 건 전부 따로 빼두고."

"응, 알았어."

체린도 민철에게 알았다는 듯 고개를 끄덕이면서 상자 하나를 찜해 포장을 뜯는다.

다수의 선물 폭탄 덕분에 젊은 부부는 졸지에 선물 수색 작전을 실시하게 되었다.

*   *   *

총괄기획부는 최근, 다른 의미로 바쁜 나날을 보내고 있었
다.

이민철 체제에서 구인성 체제로.

부장이라는 사람 한 명만 바뀌지만, 총괄기획부 사령탑을
누가 맡느냐에 따라 그 부서의 앞으로 나아가야 할 방향이 결
정된다.

"알아둬야 할 게 억수로 많구만."

구인성 부장이 솔직한 심정을 토로한다.

총괄기획부의 경우에는 특히나 다른 부서의 일도 간섭하
는 경우가 있기 때문에 그 부서가 무슨 일을 하는지, 그리고
어떠한 권한이 있는지도 다 알아둬야 한다.

"처음에만 어렵지, 나중에 가면 그렇게까지 어렵진 않을
겁니다."

"그건 니 생각이고."

구인성 부장이 이민철의 말에 강력한 태클을 건다.

이민철이기에 가능했던 일도 분명 존재한다.

민철도 그 사실을 인정한다.

하지만 그렇다고 구 부장이 자신이 했던 일을 소화하지 못
할 거란 생각도 하지는 않는다.

구 부장 또한 유능한 인재다.

비록 귀찮음을 많이 타는 안 좋은 버릇이 있긴 하지만, 그

래도 할 건 하고 게으름을 피우기 때문에 딱히 업무상으로 문제될 만한 건 없다.

한편.

총괄기획부 사무실 안을 자주 들락날락하며 민철에게 이런저런 인수인계를 받고 있는 구인성 부장에게 조 실장이 너털웃음을 보인다.

"아니, 구 부장님. 신입 때에는 그래도 빠릿빠릿하게 기억하고 움직였을 거 아닙니까. 신입의 마인드로 배우세요."

"이 사람이… 나이가 먹으면 그런 빠릿빠릿함도 사라지게 되는 법이야."

구 부장이 조 실장에게 강력한 일침을 가한다.

나이를 먹을수록.

그리고 나이를 먹어서.

이 문장은 정말 만능이다.

왜냐하면 이만큼 좋은 둘러대기식의 발언도 없기 때문이다.

민철은 딱 봐도 구 부장이 엄살을 부리고 있다는 점을 잘 알기에 인수인계 속도라든지 이런 걸 늦추거나 하진 않는다.

최대한 빠르게 총괄기획부란 부서를 구인성 부장 체제에 적용시켜야 한다.

그래야 민철이 나중에 가서도 고생하지 않기 때문이다.

　　　　　　＊　　　　＊　　　　＊

"그럼 내일도 잘 부탁한다."

"예, 들어가세요."

구 부장이 원래 자신이 소속되어 있는 홍보팀으로 돌아간
다.

복도에 나와 구 부장을 배웅해 주는 민철.

"……."

업무 진행과 동시에 인수인계까지 하느라 요즘 정신이 없
다.

그래서 잠시 쉬었다가 사무실에 들어가자는 생각으로 휴
게실을 찾는다.

그런데 휴게실 안으로 발걸음을 내딛는 순간, 실로 오랜만
에 얼굴을 보는 인물과 마주하게 된다.

"안녕하세요, 성진 씨."

"…민철 씨군요."

성진의 표정이 미묘하게 굳어진다.

이미 남성진은 그의 아버지인 남우진을 통해서 여러모로
이야기를 전해들은 게 있다.

남우진의 세력은 민철을 돕기로 결정했다.

청진전자의 독립.

남우진이 최후의 순간까지 아껴뒀다가 펼치려 했던 그 강력한 한 수는 민철의 세 치 혀에 의해 만류되고 말았다.

오히려 그는 그에게 있어서 최대의 적수라 불렸던 남우진을 자신의 편으로 끌어들였다.

성진은 사실 민철에 자신의 아버지에게 어떤 회유책을 써서 같은 편으로 만들게 되었는지 들은 바가 전혀 없다.

그저……

민철과의 저녁 식사를 마치고 돌아온 남우진은 '이민철 부장과 손을 잡기로 했다' 라는 말만 들려줬기 때문이다.

하기사. 제아무리 친아들이라 하더라도 민철이 남우진에게 제시한 세 장의 카드는 외부로 발설되어선 안 되는 위험한 것들이다.

물론 첫 번째 카드였던 '민철이 지향하는 이상향' 에 대해선 별다른 문제가 없을지도 모른다.

하지만 고청산업 관련 횡령 의혹, 그리고 정계 진출까지.

전부 다 하나같이 민감한 사항으로 이뤄진 이야기뿐이다.

"아버지… 아니, 남우진 부사장님한테 들었습니다."

자판기 버튼을 누르며 캔 커피 하나를 뽑는 민철에게 남성진이 단도직입적으로 물어온다.

"민철 씨를 지지하겠다고 하더군요. 무슨 회유책을 쓴 겁니까?"

"글쎄요… 부사장님께서 친아들인 성진 씨에게조차 말씀하지 않으셨다면… 제 쪽에서 먼저 그 이유를 들려주는 건 문제가 생길 요지가 있다고 생각합니다만."

"……."

성진이 우려하는 건 단 하나다.

강오선 사건 때처럼 민철이 뭔가 남우진의 약점을 잡아서 그를 협박했을지도 모른다는 점이다.

남우진은 누가 뭐라 해도 남성진의 친아버지다.

아버지가 누군가에게 약점을 잡혀 어쩔 수 없이 마음에도 없는 협력 체계를 구축한다고 선언한다면…….

아들 된 도리로서 복수를 해줘야 하지 않겠는가.

하나 민철은 채찍보다 당근 전략을 택했다.

"걱정하지 않으셔도 됩니다. 성진 씨가 무엇을 걱정하고 있는지 저도 잘 알고 있으니까요."

"……."

"협박 같은 건 하지 않았습니다. 정당하게 남우진 부사장님께 계속 함께 가고 싶다는 뜻을 내비쳤고, 남우진 부사장님은 그저 그에 대한 대답을 들려준 것뿐입니다. 이 점에 대해선 저를 믿어주셔도 됩니다."

"그렇습니까."

구체적인 이유를 들려줄 순 없지만, 한 가지 확실한 건 '결코 협박을 해 남우진이 마지못해 민철의 세력을 지지하게 되었다' 와 같은 형태가 된 것은 아니란 뜻이다.

민철은 여우 같은 존재다.

때에 따라 거짓말도 능수능란하게 하는 그런 남자다.

하지만 금방 들통날 거짓말은 하지 않는다.

거짓말이라는 건 자고로 때에 따라 적절하게, 타이밍에 맞게 사용해야 그 효과를 발휘하는 법이다.

어설픈 거짓말을 하게 된다면 오히려 역효과가 나게 되는 법.

그 어설픈 거짓말이라 함은…….

사실 진위를 확인하기 위해 조금의 노력만 기울여도 쉽게 진실 여부를 알 수 있을 법한 그런 거짓말이다.

남성진과 남우진, 두 남자의 관계를 생각한다면 성진은 별다른 힘을 들이지 않고도 민철의 말이 진실인지 거짓인지 파악해 낼 수 있을 것이다.

결국, 민철이 거짓말을 하고 있다면 그건 금방 들통날 법한 거짓말… 앞서 말한 것처럼 '어설픈 거짓말' 을 하고 있는 셈이 된다.

그간 성진이 보아온 민철은 어설픈 거짓말을 한 적이 없다.

어디까지나 경험에 의한 추측일 뿐이지만, 그 추측의 신뢰도는 꽤나 높은 편이다.

"…알겠습니다. 민철 씨의 말을 믿도록 하죠."

"감사합니다."

"이렇게 된다면… 저도 강제적으로 민철 씨를 지지하는 세력에 몸을 담게 된 셈이군요."

성진은 자존심이 무척이나 강한 남자다.

그런데 그가 누구의 밑으로 들어간다?

만약 성진을 예전부터 알고 지내온 지인들이라면 절대로 믿지 못할 것이다.

"그 단어 선택은 잘못되었습니다, 성진 씨."

"그게 무슨 뜻입니까?"

민철은 남우진 한 명만을 필요로 하는 게 아니다.

남우진을 비롯해 그의 세력에 포함되어 있는 인재들을 원하는 것이다.

그 인재 중 한 명이 바로 남성진이다.

"누가 누구의 밑에 들어간다는 개념이 아닙니다. 어디까지나 모두가 평등하게 나란히 청진그룹을 만들어가는 거라고 생각하니까요."

"그렇습니까……."

"전 단 한 번도 성진 씨를 저보다 밑이라고 생각하지 않았습니다. 입장의 차이가 다를 뿐. 설사 그 차이 역시 위, 아래처럼 수직선 형태가 아닌 왼쪽, 오른쪽과 같은 수평선에서의 차이입니다. 누군가의 위에, 누군가의 밑에 있다는 게 아니라 어디까지나 같은 수평선상에 놓여 있다고 보니까요."

"……."

"성진 씨는 제가 가지지 못한 것을 가지고 있습니다. 그리고 저 또한 성진 씨가 가지지 못한 것을 가지고 있지요. 결국 서로 부족한 점을 채워가는 역할이라 생각하시면 될 듯합니다."

상관과 부하 관계가 아닌 동료 관계.

민철이 그에게 강조하고 싶은 건 바로 이것이다.

자존심이 강한 사람인 만큼 그를 깎아내리는 언행을 보인다면 오히려 그에게 반감을 살 것이다.

최대한 성진의 자존심을 건드리지 않는 수순에서 그를 회유한다.

그것이 민철의 전략이다.

"하하… 역시 민철 씨는 정말 말을 잘하시는군요."

민철을 향해 작은 웃음소리를 들려주는 성진.

그러더니 이내 한 가지 질문을 던진다.

"민철 씨는 가지고 있지 못하지만 제가 가지고 있는 게 과연 존재합니까?"

"예."

"그게 무엇이죠?"

이 한마디에 성진을 완벽하게 자신의 편으로 끌어들이느냐 마느냐가 결정될지도 모른다.

"완벽함을 추구하는 점이라고 할까요."

"민철 씨야말로 저보다 더한 완벽함을 추구한다고 생각했는데, 그게 아닌가 보군요."

"예. 저는 완벽함보다 불완전함을 전제로 깔고 가는 사람이거든요."

"불완전함이라……."

민철이 생각하는 완벽함.

그것은 곧 고독함을 상징한다.

완벽하기에 다른 이들의 도움을 받지 않아도 된다.

혼자 모든 것을 해내야 하기 때문에 고독하다.

하지만 불완벽하기 때문에 다른 이들의 도움을 필요로 한다.

누군가를 필요로 한다는 건 곧 그 사람의 가치를 평가하는 중요한 일이 된다.

민철은 혼자만의 가치를 드높이는 게 아니라 자신과 함께하는 사람들의 가치 역시 중요하게 평가한다.

그래서 민철은 완벽함을 추구하지 않는다.

인간이란 존재는 결국 불완전하니까.

"잘 알겠습니다."

성진이 고개를 끄덕이면서 다 마신 음료 캔을 쓰레기통에 버린다.

민철의 의도가 무엇인지.

그리고 그가 어떤 식으로 자신의 아버지를 회유했는지.

대충 감이 온다.

"저도 어디까지나 완벽함을 추구하는 사람이지, 현 단계에서는 민철 씨와 같이 불완전한 존재에 불과합니다."

"그렇습니까."

선뜻 먼저 손을 내미는 성진.

그의 얼굴에는 민철이 처음 보는 '진정한 미소'가 어려 있었다.

"불완전한 사람들끼리 서로 잘해봅시다."

오랫동안 자신의 라이벌이라 생각해 왔던 이민철.

하지만.

그는 남성진의 라이벌 따위가 아니었다.

성진이 이미 넘볼 수 없는 거대한 존재.

그게 바로 이민철이란 남자다.

이민철은 아마도…….

성진이 스스로 인정한 최초의 남자가 될 것이다.

$*$ $*$ $*$

상오그룹 내부에 위치한 이체린의 사무실.

체린의 호출을 받은 황고수는 이미 자리를 잡아 앉아 있던 체린과 최현수에게 놀라운 말을 듣게 된다.

"저를… 이사로 승진시켜 주신단 말씀이십니까?"

"그렇다네."

최현수가 녹차 한 모금을 음미하며 목을 축인 뒤 고개를 끄덕여 준다.

황고수의 승진 이야기는 전부터 간간이 말이 오가긴 했다.

당사자인 황고수 본인도 어렴풋이 자신의 승진에 관한 말을 듣긴 했지만, 그의 성격상 소문에 귀를 기울이고 다니지 않았다.

하지만 최현수로부터 직접 말을 듣게 된다면 이야기가 또 달라진다.

"자네도 샐러리맨이라면 승진에 대한 욕심 정도는 있지 않을 텐가? 청진그룹부터 지금까지 나름 오랜 기간 동안 부장 직위를 달고 일해왔는데… 이제는 슬슬 간부 자리 하나 꿰차도 될 걸세."

"하지만 제가 그래도 되는 것인지……."

"사업도 이제는 조금씩 안정을 찾고 있어. 이제는 최전선이 아니라 후방에서 자네가 쌓아온 경험과 넓은 시야를 통해 후임들을 양성하는 편이 회사의 입장에서 봐도 더 도움이 되겠지. 안 그런가?"

"……."

사원과 간부는 입장 차이가 다르다.

이사직을 제안한 건 그만큼 상오그룹이 황고수를 믿고 의지한다는 것을 뜻한다.

"부사장님도 그렇게 생각하시지요?"

최현수가 체린에게 의견을 구한다.

지금까지 잠자코 있던 체린이 입을 열기 시작한다.

"네… 저도 같은 의견… 읍!"

순간적으로 말을 끊은 체린이 황급히 손으로 입을 틀어막는다.

헛구역질이 올라온 탓이다.

"부, 부사장님!"

"괜찮으십니까?!"

놀라 체린에게 다가가는 두 남자.

이제야 헛구역질이 멈춘 체린이었으나…….

순간적으로 한 단어가 뇌리를 스친다.

'설마… 입덧……?!'

구인성에게 총괄기획부 부장직 인수인계를 하기 위해 오늘도 이런저런 업무 진행 상황을 알려주던 민철.

그런 그가 갑자기 걸려온 전화 한 통에 의해 때 아닌 반차를 신청할 수밖에 없었다.

─본래대로라면 안 되는 거지만, 특별히 봐주는 거다.

"예, 감사합니다, 차 실장님."

─그래, 뒷일은 신경 쓰지 말고 마음 편하게 먹어. 유부남 선배로서 충고해 주는 거야.

"하하하, 새겨듣겠습니다."

인사팀의 차 실장에게 양해를 구한 뒤 빠르게 주차장으로 향하기 위해 준비를 서두르는 민철.

갑자기 그가 서두르는 이유가 무엇일까.

어떠한 위기 상황이 왔다 하더라도 저렇게까지 다급한 모습을 보여준 적이 없던 민철이다.

그렇기에 총괄기획부 사무실 사원들은 더더욱 민철의 행동에 의문을 가질 수밖에 없었다.

"민철 씨, 무슨 일이길래 그런가요?"

결국 참다못한 태희가 먼저 선뜻 질문을 건넨다.

본래 이런 역할은 조 실장이 도맡아 하지만, 오늘 그는 공교롭게도 외근이다.

그래서 민철과 제법 오래된 연이기도 한 태희가 사원들을 대표로 묻게 되었다.

거의 나갈 채비를 다 끝낸 민철이 머쓱한 웃음을 동반한 답변을 들려준다.

"잠시 산부인과 좀 가봐야 할 거 같습니다."

"산부인과라면… 서, 설마 체린 씨……?!"

"네. 입덧 증상이 있다고 하더군요."

"세상에… 축하드려요!"

태희가 놀라 자리에서 벌떡 일어선다.

그건 도안도 마찬가지였다.

이민철.

그가 한 가정의 남편이자…….

…아버지가 된다!

"축하드립니다, 부장님!!"

"축하드려요!!"

고지서를 비롯해 다른 사원들도 민철을 향해 각각 축하의 메시지를 보내오기 시작한다.

결혼을 한 지 채 반년이 지나기도 전에 이뤄낸 쾌거이기도 하다.

"감사합니다. 일단은… 서 팀장."

"예, 부장님."

대답이 끝나기도 전에 서기남이 빠르게 다가온다.

그러자 민철이 자신의 책상 위를 손가락으로 가리키며 최대한 말을 독촉한다.

"아직 처리해야 할 업무가 좀 남았거든. 컴퓨터 켜고 갈 테니까 서 팀장이 좀 대신 맡아줄 수 있겠어? 업무 내용에 대해서는 내가 따로 파일로 남겨뒀으니까 그거 보고 하면 돼."

"알겠습니다."

이름 하여 이민철 업무 매뉴얼.

그가 신혼여행을 떠났을 당시 해놨던 것과 마찬가지로 하루 분량 업무 안내 보고서를 똑같이 만들어놓은 것이다.

갑작스럽게 체린의 임신 소식을 받고 나가야 하는 상황에 봉착했음에도 불구하고 어느 순간 민철은 매뉴얼을 순식간에 만들어놓았다.

그의 일처리 속도는 총괄기획부… 아니, 청진그룹 내에서도 단연 톱이라 할 수 있다.

완벽하게 자신이 자리를 비워도 별다른 사고가 나지 않게끔 매뉴얼을 만들어둔 민철.

그의 대처 능력에 서기남은 혀를 내두를 수밖에 없었다.

"그것보다 우선 먼저 산부인과부터 빨리 가셔야 하지 않나요?"

태회가 다시 한 번 민철을 재촉한다.

업무는 자신들에게 맡겨놓고, 우선 지금 당장은 체린의 곁에서 머물며 그녀를 심적으로 안정시켜 달라는 말까지 덧붙인다.

"알겠습니다. 그럼 잘 좀 부탁드리겠습니다."

"네!"

빠르게 총괄기획부를 나서는 민철.

그 모습을 멍하니 바라보고 있던 도안의 심정은 미묘했다.

"하하, 선배님. 이 부장님이 아버지가 되시는 게 그렇게나 충격적이신가요?"

고지서가 농담식으로 말을 걸어온다.

하지만 도안은 그런 차원의 문제가 아니었다.

'아버지… 레이폰 더 데스사이드가 한 생명의 아버지가 된단 말이지…….'

도안은 원래 마음이 약하고 선하기로 소문난 천재 마법사다.

한 가족의 가장이 되어버린 레이폰을 만약 그가 죽이게 된다면…….

그의 아내인 체린뿐만이 아니라 앞으로 태어날 자식에게 엄청난 원성과 분노를 사게 될 것이다.

복수는 또 다른 복수를 낳는 법.

'이래서는… 더더욱 레이폰을 노릴 수 없게 되겠군……'

레이폰에게 복수하겠다는 생각은 점점 멀어져 간다.

하지만.

만약 그것이 세상의 이치라면…….

그리고 운명이라는 놈이 정해놓은 이정표와도 같다면.

도안도 그걸 받아들일 준비를 하는 수밖에 없다.

한편.

도안의 이상 행태를 지켜보고 있던 추화연이 쓴웃음을 짓는다.

'감정이란 건 참으로 불필요한 요소라니까.'

                    *   *   *

산부인과에 도착한 민철.

로비 벤치에서 앉아 있던 최현수가 때마침 민철의 모습을 확인하고 손을 흔든다.

"이 부장, 여기일세!"

"최현수 전무님!"

가볍게 고개를 숙이면서 그에게 인사를 건넨다.

그러면서 주변을 둘러보며 체린의 행방을 찾는다.

"체린은……."

"지금 이 대표님이랑 같이 진료실에 들어가 있는 상황이네. 조만간 검사 마치고 나올 게야."

"…그렇군요."

"그나저나 아가씨가 임신이라니… 허허, 참."

최현수가 믿기지 않는 모양인지 연신 헛웃음을 삼킨다.

체린은 현수에게 있어서도 특별한 존재다.

그가 이승부와 함께 상오그룹 이전의 상호명이었던 머메이드를 일으킬 당시… 그보다 훨씬 더 예전부터 최현수는 이승부와 이체린 부녀를 알고 지내왔다.

체린이 중학생 시절 때부터 그녀를 보아왔던 최현수다.

그러나 지금 그녀는 이제 한 남자의 아내가 되었으며, 동시에 오늘을 기점으로 엄마가 된 것이다.

"세월이라는 게 참으로 신기하구나. 아기 같았던 아가씨가 한 가정의 어머니라니……."

"저도 믿기지 않습니다."

민철도 사실은 예상외였다.

물론 아버지가 된다는 심정은 이미 전생에서도 겪어본 경험이다.

하지만 그렇다 하더라도 누군가의 아버지가 된다는 건 늘 그렇듯 두근거리고 긴장되는 감정을 심어주게 마련이다.

한 아이의 인생을 책임져야 하는데, 부담스럽지 않을 리가 있겠는가.

"체린은 어떤가요?"

"딱히 건강에 문제가 있거나 그렇게 보이진 않았네. 그냥
입덧 때문에 잠시 당황하신 정도뿐이야."

"다행이군요."

아이도 중요하지만, 동시에 산모의 건강도 중요하다.

체린은 이제부터 민철과 함께 청진그룹과 상오그룹, 두 거
대 자본 덩어리를 합친 궁극의 금자탑을 세워가야 할 중요한
인물이다.

그런데 여기서 그녀의 건강에 문제가 발생하게 되면 곤란
하다.

그렇다고 아이를 낳지 않는다면 민철의 지위도 위험해질
수 있다.

물려줄 자식이 없다는 건, 민철을 위협하는 세력이 나올 수
도 있다는 우려를 만들기 때문이다.

마치 한경배 회장과 남우진처럼.

사실 민철은 세습제에 대해 완전히 찬성하는 입장은 아니
다.

하지만 이곳은 대한민국이다.

후계자의 존재는 체제를 안정시켜 준다는 이점을 가져온
다.

그래서 민철은 가급적이면 2세를 가지기 위해 노력했다.

물론 체린에게는 가정의 안정화를 위해서 2세를 가지자는 말을 하긴 했지만, 동시에 민철이 생각하는 또 다른 목표가 있었던 것이다.

하지만 민철의 자식이라 하더라도 만약 청진그룹을 이끌어갈 능력이 되지 않는다면, 그는 자신의 자식에게 회사를 물려주지 않을 생각이다.

괜히 자신이 이뤄낸 성과를 그의 자식이 말아먹는 꼴을 볼 바에야 차라리 예지처럼 일정 지분과 어느 정도의 지위를 보장해 주고, 다른 능력 있는 이에게 회사를 물려주는 게 훨씬 더 보기 좋은 형태가 되기 때문이다.

여러모로 미래에 대한 생각을 품기 시작하는 민철.

언젠가는 한 번쯤은 해봐야 할 고민이다.

그가 최현수 전무와 이런저런 대화를 나누는 사이에, 체린과 승부가 로비로 모습을 드러낸다.

"안녕하십니까, 대표님."

민철이 먼저 승부에게 인사를 건넨다.

그의 모습을 확인한 승부가 이제야 좀 안심이 된다는 표정을 지으면서 그의 인사를 받아준다.

"자네 왔는가."

"예. 그것보다 체린은……."

옆으로 시선을 돌려 체린의 건강 상태를 확인한다.

표정으로 보아선 딱히 컨디션이 나빠 보이거나 하진 않는다.

아니, 일부러 표정 관리를 하는 것일지도 모른다.

본래 체린도 자신의 감정을 솔직하게 드러내거나 하는 타입의 여성이 아니기 때문이다.

"난 괜찮아. 그보다… 민철 씨, 회사에서 바로 온 거야?"

"어. 반차 쓰고 나왔으니까 걱정하지 마."

"괜히 나 때문에… 신경 안 써도 되는데."

말은 이렇게 하지만, 사실 체린은 누구보다도 민철을 보고 싶어 했다.

임신.

그리고 두 사람이 만든 사랑의 결실.

이 기쁜 소식을 누구보다도 함께 공유하고 싶었던 것이 바로 민철이다.

그런 그가 한걸음에 달려왔다고 하니, 제아무리 체린이라 하더라도 민철에게 고마움을 느낄 수밖에 없다.

"그것보다 의사 선생님께서는 뭐라고 하셨는지……."

민철이 체린을 의자에 앉히는 승부에게 구체적인 이야기를 묻는다.

민철을 대신해 체린과 함께 진료실에 들어갔던 승부가 조심스럽게 말을 꺼낸다.

"임신 6주 차라 하더군."

"6주 차……."

"체린에게 당분간 회사 업무는 맡기지 않을 생각이네. 나도 이제 할아버지가 되는 몸이지만, 그래도 아직까진 정정하니까. 상오그룹에 대해서는 나와 현수가 있으니 너무 크게 신경 쓰지 말고 자네는 우리 딸을 좀 많이 봐주게."

"예, 물론입니다."

딸의 임신 소식은 승부에게도 큰 영향을 미쳤다.

승부는 누구보다도 체린을 아끼는… 소위 말해서 딸 바보라 불릴 만큼 지극히도 체린을 아끼는 남자다.

이제 그가 손주를 볼 나이가 된 것이다.

하지만 꾸준히 운동을 해온 탓에 나이에 맞지 않을 만큼 정정하다.

승부가 중심이 되어주고, 현수가 그 주변을 챙기면 상오그룹도 무난하게 돌아갈 것이다.

"예전에 아가씨가 머메이드에 들어오기 전의 그 체제로 돌아가는 거군요."

최현수가 너털웃음을 터뜨린다.

이승부와 최현수.

두 사람은 회사를 설립하기 전부터 궁합이 잘 맞는 콤비로 알려져 왔다.

비록 지금은 나이를 좀 먹긴 했지만, 그래도 두 사람이 상오그룹을 지탱해 준다면 믿음직스럽다.

게다가 상오그룹에는 이제 이사로 승진하게 된 황고수가 있지 않은가.

"죄송한 말씀이지만, 제가 기존에 맡던 업무 일부는 황 부장에게 맡겨야 할 듯합니다."

"황고수라… 그 친구, 이사로 승진한 지 얼마 안 될 텐데 자네가 하던 일을 덥석 맡겨도 될까?"

"하하, 그 친구는 정말 능력이 출중합니다. 가끔 저조차도 놀랄 만큼 뛰어난 업무 처리 능력을 보여줄 때도 있지요. 황고수… 그 사람이라면 안심하고 제 빈자리를 대신 맡겨도 될 거 같습니다."

"자네가 그렇게까지 말을 한다면… 그렇게 해주게."

"알겠습니다."

승부도 딱히 그에 대해 불만은 없는 모양인지 힘 있게 고개를 끄덕여 준다.

한편, 두 사람의 이야기를 듣고 있던 민철은 자신도 모르게 속으로 미소를 짓는다.

황고수는 민철이 예상했던 그대로 상오그룹에서 맹활약을 펼치고 있다.

이대로 황고수가 상오그룹에서 이승부와 최현수, 두 사람에게 인정을 받으며 성장해 나간다면…….

민철과 체린, 두 사람의 체제가 갖춰지게 되면 최현수의 자리를 대신할 사람은 황고수 부장이 될 것이다.

전의 상관을 자신의 밑으로 부리게 되었다는 상황이 기뻐서가 아니다.

황고수는 민철이 인정하고 있는 능력 있는 재목 중 한 명이다.

능력 있는 자가 자신의 세력 밑에서 일을 한다는 것만큼 안심되는 일도 없을 것이다.

청진그룹 못지않게 상오그룹도 점차적으로 성장하고 있다.

'신과의 만남이 가까워지는 소리가 벌써부터 들리는군.'

민철이 만들어낸 특별 무대는 점차 하이라이트를 향해 달려갈 준비를 갖춰가기 시작한다.

제6장

이별의 순간

체린의 임신 사실과 더불어 민철 또한 이제 크나큰 인생의 전환점을 맞이하게 된다.

차기 회장직을 내정받게 된 민철.

이제부터 사원이 아닌 간부로서 절차를 밟아가야 했기에 그는 더 이상 총괄기획부 이민철 부장이 아닌, 이민철 이사로서 새로운 직장 생활을 이어가게 되었다.

민철의 뒤를 이어 총괄기획부 부장의 자리를 차지하게 된 인물은 바로 홍보팀의 구인성으로 최종 확정되었다.

부서 이동을 위해 개인 짐을 꾸리기 시작하는 구인성 부장.

그를 지켜보던 유문주 실장이 연신 한탄을 늘어놓는다.

"구 부장님 나가시면 우리 홍보팀은 어떻게 하라는 겁니까."

"어떻게 하긴. 니가 대신 끌어가면 되잖냐."

"전 부장직 같은 건 천성에 맞지 않는다고요."

구인성 부장이 보직을 이동하게 되면서 동시에 홍보팀 부장직의 빈자리는 유문주 실장이 차지하게 되었다.

본래 조 실장처럼 외근을 전담하면서 유흥을 즐기던 그였지만, 부장직을 맡게 된 이상 그런 행동에도 제약이 실리게 되었다.

해당 부서의 중심을 무게감 있게 지켜줘야 하는 게 바로 부장이라는 자리다.

그런데 부장이 외근만 전담하면서 사무실을 자주 비우게 되면, 부서의 중심이 흔들릴 수 있다.

유 실장의 빈자리는 민철의 동기이기도 한 대민이 바통을 이어받게 되었다.

홍보팀도 구 부장의 부서 이동으로 인해 여러모로 보직 이동 대란을 치르고 있었다.

"그래도 부장직 맡게 되면 좋은 점도 있잖냐."

"그게 뭔데요?"

"연봉 인상."

"인상 같은 건 안 해줘도 되니까, 차라리 그냥 회사에서 짜르지나 않고 기존에 저 하던 거나 마저 시켜주면 좋겠습니다만……."

"너도 만년 실장만 할 순 없잖냐. 승진이라는 건 샐러리맨으로서 당연히 맞이해야 할 의식 같은 거다. 초등학생도 1년 지나면 상급생으로 올라가는 것처럼. 안 그러냐?"

"어떻게 학생하고 샐러리맨하고 같습니까. 하아……."

유 실장은 아직도 자신이 이 홍보팀을 이끌어야 한다는 점에 있어서 많은 부담감을 느끼고 있었다.

지위가 곧 사람을 만든다.

이제는 실장이 아닌 부장의 자리에 올라 그만한 역할을 소화해야만 한다.

승진이라는 건 물론 좋을 수도 있다.

하지만 그만큼 자신의 역량을 시험하는 일종의 테스트가 되는 자리이기도 하다.

"대민이가 알아서 네 보필 잘해줄 거다. 안 그러냐, 대민아!"

"저 말입니까?"

대뜸 자신의 이름이 호명되자 놀라 되묻는 대민.

사실 대민도 자신이 얼떨결에 실장으로 승진을 하게 된 터라 적지 않게 당황하고 있었다.

물론 같은 동기이기도 한 민철은 이미 간부급으로 승진했고, 남성진의 경우에는 이미 총무팀에서 부장직을 맡고 있다.

대민이라고 못 할 이유가 뭐가 있겠나.

"저는 자신 있습니다."

"오! 역시 대민이. 사람이 확 달라졌다니까."

구 부장이 연신 엄지손가락을 추켜올려 준다.

본래 대민은 입사 초기 시절에 잔실수를 많이 저지르면서 그때 당시 대리직을 맡고 있던 서미나에게 많은 구박을 받곤 했다.

하지만 지금의 대민은 많이 달라졌다.

서미나가 나가고, 민철이 부서 이동을 했다.

자신의 맞선임이었던 태봉은 좋지 않은 일로 퇴사를 당한 바 있다.

믿음직한 동료들을 하나둘씩 떠나보내면서 대민은 점점 더 자신이 제 역할을 하지 않으면 안 된다는 결심을 굳히게 되었다.

그 마음가짐이 지금의 자신감 넘치는 김대민을 만들어낸 것이다.

"유 실장님도 너무 걱정하실 필요 없습니다! 저희 홍보팀은 누가 뭐라 해도 최고의 부서니까요!"

"거봐라, 유 실장. 대민이 좀 보고 배워라."

"……."

졸지에 부하 직원보다 못한 상관이 되어버린 유 실장.

하지만 그렇다 하더라도 대민의 변화된 태도에 유 실장은 든든함마저 느끼고 있었다.

유문주 실장의 융통성 있는 일처리 능력과 대민의 우직한 업무 처리 방식은 분명 구인성 부장의 빈자리가 느껴지지 않게끔 홍보팀을 잘 이끌어갈 것이다.

구인성도 그걸 잘 알기에 민철의 제안을 받아들이고 부서 이동을 결정했다.

떠나는 자리가 아름다워야 후환이 없는 법이다.

유 실장뿐만이 아니라 대민, 그리고 이제는 신입 사원의 티를 벗고 홍보팀의 중간 다리 역할을 충분히 소화하고 있는 호수까지.

이들이 있다면 홍보팀도 걱정할 게 없다.

*　　　*　　　*

"……."

한적한 카페 안.

그곳에서 화연은 오늘따라 말수가 별로 없는 도안을 슬쩍 바라보고 있었다.

아까부터… 아니, 정확하게 말하자면 체린이 임신한 사실을 알게 된 순간부터 계속되고 있는 중이다.

"레이폰이 애 아빠가 된 게 그렇게나 신경이 쓰이나?"

"…글쎄."

아니라고 한다면 그건 거짓말이다.

다른 생명의 부모가 된다는 건 그 사람의 인생에 있어서 커다란 사건이다.

곧 있으면 태어날 아기에게도 말이다.

그런데 만약 여기서 도안이 민철을 죽이게 된다면, 그 원망과 복수를 감당할 자신이 있을까?

도안은 그럴 자신이 없다.

자신의 개인적인 원한을 해결하고자 민철을 좋아하고 사랑하는 모든 이를 불행하게 만들고 싶지 않다.

더불어 민철은 이제 더 이상 일개 사원이 아니게 되었다.

청진그룹을 책임질 후계자로 거듭난 상황에서 민철의 부재는 청진그룹의 근본을 뒤흔드는 커다란 사건이 될 수도 있다.

민철의 양어깨에 여러 사람의 인생이 걸려 있는 셈이다.

"레이폰이라……."

다시 한 번 민철의 본명을 되새겨 보기 시작하는 도안.

처음에는 복수심에 사로잡혀 있던 그였지만, 시간이 약으로 작용해 점점 마음 한쪽 구석에 깊숙이 자리 잡혀 있던 상처도 어느 정도 아문 상태다.

게다가 민철이 스스로 정체를 밝히기 전까지 도안을 여러모로 잘 챙겨준 점도 분명 있었다.

민철은 처음부터 도안의 존재를 알고 있었다.

정말로 레이폰의 사주에 의해 레이너 슈발츠가 죽임을 당했다면, 민철은 도안이 레이너 슈발츠의 환생체라는 사실을 알아내자마자 곧바로 다시 한 번 목숨을 빼앗았어야 했다.

혹여나 도안이 자신을 죽일지도 모른다는 불안감 때문이라도 말이다.

하지만 민철은 자신의 존재를 오히려 떳떳하게 드러냈다.

그건 레이너 슈발츠의 죽임을 선동했다는 죄의식에서 나오는 행동이 결코 아니었다.

그의 행동에 한 점 부끄러움이 없었기에 나오는 행동 그 자체였다.

도안은 무의식적으로 그것을 감지하고 있었다.

"정이라는 게… 참으로 무섭군."

"정?"

"…아무것도 아니다."

"……"

심적으로 많은 갈등을 겪는 모습을 보이는 도안.

바로 맞은편에서 그의 이런 모습을 직접적으로 지켜보던 화연은 속으로 민철의 미래를 내다보는 한 수에 다시금 감탄한다.

'네 생각대로 도안은 아무래도 당신을 죽일 생각이 없어진 모양인가 봐.'

민철은 본인에게 있어서 가장 큰 위기이자 최대의 적수에게서 드디어 벗어나게 되었다.

*   *   *

퇴근 시간이 점점 다가올수록 총괄기획부 사무실의 분위기는 한껏 무거워질 수밖에 없었다.

오늘은 민철이 총괄기획부 부장직을 맡는 마지막 날이다.

이 시간이 지나게 되면, 민철과 더 이상 같은 사무실에서 업무를 볼 순 없을 것이다.

그는 점점 위로 올라간다.

그리운 식구들을 이 사무실에 놔두고…….

하지만 아쉽다 하더라도 민철을 붙잡을 순 없다.

민철은 더 이상 일개 사원이 아니다.

청진그룹의 미래를 책임질 재목으로 우뚝 서야 한다.

"하아, 드디어 이 시간이 오는구나."

조 실장이 가장 먼저 아쉬움을 토로한다.

민철이 중심을 잡아줬기 때문에 총괄기획부가 초창기 시절 때부터 타 부서들에게 무시당하지 않고 자리를 잡게 되었다.

이제부터는 민철의 힘없이 총괄기획부를 이끌어가야 한다.

"구인성 부장님이 잘해주실 겁니다."

민철이 쓴웃음을 지으며 말을 건네본다.

하지만 조 실장의 반응은 그저 그러했다.

"난 사실 구 부장님이랑 상성상 잘 안 맞는데."

"하하, 그럼 어떤 타입을 지닌 분과 맞습니까?"

"너 같은 성실한 타입."

"그럼 구인성 부장님은 성실하지 않다는 뜻이군요."

"그렇다고 가서 일러바치거나 하지 마라."

"알겠습니다."

인맥의 왕이라 불리는 조 실장이 구인성 부장이 어떤 스타일의 사람인지 모를 리가 없다.

하지만 그렇다고 실제로 같이 일을 해본 적은 없다.

오히려 두 사람이 꽤나 어울리는 콤비가 될 수 있을 거라는 생각도 해보는 민철이었다.

"그나저나 오늘 마지막인데 회식이나 하러 가자."

"그래야지요. 다들 시간 되시죠?"

민철이 주도적으로 총괄기획부 소속 사원들에게 묻는다.

그러자 여기저기서 긍정적인 답변이 들려온다.

"물론이죠!"

"오늘은 약속이 있더라도 어떻게든 미루면서까지 참가해야 하는 중요한 자리 아닙니까?"

"가게 미리 예약해 둘까요?"

그간 정들은 민철과의 마지막 자리가 될지도 모른다.

민철은 상관이면서 동시에 부하 직원들에게 상당히 잘 대해준 남자이기도 하다.

때로는 엄격하게 대해줄 때도 있었지만, 그 엄격함에는 늘 그렇듯 합리적인 이유가 있었다.

조목조목하게 상세히 설명해 주고, 이해가 안 되는 부분이 있다면 쉽게 이해를 시켜주기 위해 몸소 실천해 보인다.

그래서 부하 직원들은 민철을 상당히 좋아하는 편이다.

물론 구인성 부장도 좋은 사람이다.

그러나 오랜 기간 동안 같이 일해온 민철과의 이별은 이들에게 섭섭함을 자아내기에 충분한 역할을 하고 있었다.

6시 정각.

퇴근 시간이 되자마자 모두가 일사불란하게 퇴근 준비를 마치기 시작한다.

보통은 한두 명 정도 남아 야근을 하곤 하지만, 오늘은 중요한 일이기에 야근을 하는 일이 없게끔 일찌감치 업무를 다 처리해 놓은 상태다.

총괄기획부 인원들이 우르르 몰려가 엘리베이터를 기다리는 사이.

"회식 가나 보구만."

"아, 구 부장님!"

때마침 엘리베이터 복도에서 마주친 구인성에게 인사를 건네는 민철.

뒤이어 넌지시 회식에 동참할 것을 제안해 본다.

"저희 이제부터 회식하러 갈까 하는데… 같이 가시겠습니까?"

구인성도 이제 곧 총괄기획부 가족이 될 예정이다.

같이 회식 자리에 참가할 구실도 충분하다.

그러나 구인성은 손을 내저으며 민철의 제안을 거절한다.

"아니, 나는 일이 있어서 그거부터 먼저 처리해야 할 거 같다. 유 실장이 하도 인수인계 안 받겠다고 투덜거려서 여러모로 고민이지."

"하하하……."

물론 구 부장의 이 말이 농담이라는 것은 잘 알고 있다.

구인성은 일부러 거짓말을 하고 있는 것이다.

그가 총괄기획부 식구가 될 예정인 건 맞지만…….

그래도 기존의 총괄기획부 식구들끼리의 마지막 회식 자리에 그가 끼어드는 건 조금 눈치가 없는 행동일 수도 있다.

아쉬움을 달래는 회식 자리이기에 이들끼리 회포를 풀게 하는 게 정답이다.

그렇게 생각했기에 구인성 부장은 스스로 민철의 제안을 거절하게 된다.

민철 역시 구인성의 뜻을 알고 더 이상 회식 동참 제안을 강요하지 않는다.

"그럼 나중에 보자고."

기존의 총괄기획부 식구들을 배웅해 주는 구인성 부장.

그들이 구 부장을 딱히 싫어하는 건 아니지만, 모두 민철과의 이별을 아쉬워하는 눈빛이 역력했다.

총괄기획부 인원들을 보내고 난 이후.

"괜히 민철이 녀석의 제안을 받아들인 건가……."

뒤늦게 후회를 해보는 구 부장이었다.

*　　　*　　　*

총괄기획부의 마지막 회식 자리.

그들이 회식 때마다 거의 단골처럼 드나드는 고깃집으로

장소를 이동한다.

"이모, 저희 왔어요!"

조 실장이 기운차게 외치자, 카운터에서 일을 보고 있던 중년 여성이 반가운 기색을 보인다.

"하이구마! 오랜만에 왔네그려… 가만있어 보자, 오늘 회식인감?"

"네, 민철이… 아니, 이 부장이 오늘 승진하게 돼서요. 기념으로 회식하려고 왔어요."

"승진 좋지! 축하혀."

아주머니가 민철의 손을 꼬옥 잡아준다.

민철도 자주 오가고 했던 가게이기 때문에 이 식당 아주머니와 초면은 아니다.

물론 승진은 좋은 일이다.

하지만 승진으로 인해 총괄기획부를 떠나게 되었다는 말까진 차마 하지 못하는 민철이었다.

방 하나를 잡아 각자 자리에 착석하는 이들.

총괄기획부 인원도 이제는 10명이 넘어가는 대규모가 되다 보니 자리가 약간 부족한 느낌도 없지 않아 있다.

"이렇게 다 모여보는 건 정말 오랜만인 거 같네요."

서기남이 태희의 옆에 앉으면서 자신의 소감을 들려준다.

태희 또한 그의 말에 고개를 끄덕여 준다.

"그러게요. 처음에 다 모였을 때가… 언제였죠?"

"신입 사원 환영회 기념으로 회식 가졌을 때 이후로 처음인 거 같습니다."

"거의 없다시피 했네요."

이제는 고지서와 그의 동기들도 신입 사원이라 부르기에는 시기가 좀 많이 지났다.

이들도 지금은 어엿한 총괄기획부의 일원이 되었고, 각자 할당받은 업무도 별다른 조언 없이 알아서 척척 해내고 있다.

민철이 신입 사원들의 교육에 직접적으로 관여한 성과가 빛을 보게 된 것이다.

한 상 가득히 다수의 고기와 먹거리들이 차려진다.

마무리로 회식 하면 빠질 수 없는 술까지 갖춰지자, 조 실장이 알아서 주도를 하기 시작한다.

"일단 앞에 있는 잔들 다 채우고."

"네."

태희를 비롯해 술을 잘 못하는 사람들은 탄산으로 대신 잔을 채운다.

총괄기획부의 회식 문화는 대다수 이렇다.

분위기를 끌어 올리기 위해 억지로 술을 마시게 하는 문화는 없다.

민철이 사령탑을 잡는 순간부터 이미 그러한 문화를 만들어뒀기 때문이다.

이민철 본인은 술을 잘 마시는 축에 속하긴 하지만, 그래도 그런 문화는 오히려 술을 못 마시는 사원들의 사기를 저하시키는 단점이 있다고 판단한 탓에 일부러 지금과 같은 회식 문화를 고집하게 되었다.

조 실장도 딱히 민철의 말에 반감을 가지는 건 아니었기에 얌전히 그의 의견에 따라왔다.

오히려 술을 못 마시는 사람에게 술을 강제적으로 마시게 하면, 그 사원이 취해서 자신을 절제하지 못하고 회식 자리에서 난동을 부릴 수 있다.

그렇게 되면 오히려 회식 자리만 더 어색해질 수도 있지 않겠는가.

이런 점을 따져 본다면, 민철의 처사가 맞을지도 모른다.

"자자~ 다들 잔 채웠지?"

"네!"

사원들이 기운차게 대답한다.

만족스러운 표정으로 고개를 끄덕인 조 실장이 민철에게 시선을 던진다.

"이민철 부장님, 한 말씀 하시지요."

"이거 참… 부담스럽군요."

"부담스럽긴. 늘상 하던 거잖냐."

"하하……."

머쓱한 미소와 함께 자리에서 일어서는 민철.

오늘의 건배사가 총괄기획부 부장이라는 명함을 달고 하는 마지막이다.

"뭔가 장황한 걸 말할까 하다가… 그래도 늘 그렇듯이 말이 길어지면 지루해질 수도 있을 거라 생각해서 적당히 잘라서 말을 할까 합니다."

총괄기획부.

처음 청진그룹에서 면접을 치르고, 심곡 지점을 거쳐 홍보팀으로, 그리고 이곳 총괄기획부까지 한걸음에 달려왔다.

그리고 드디어 내일부터…….

민철은 또 다른 시작을 펼치게 될 것이다.

"총괄기획부는 저에게 있어서 정말 의미가 깊은 부서이기도 합니다. 처음으로 부장이라는 직책을 달아봤고, 이곳에서 여러 가지 많은 일들을 겪었습니다."

황고수에게 바통을 이어받은 민철.

이제 2대째 총괄기획부 부장직에서 물러나게 되었다.

"비록 제가 물러난다 하더라도, 총괄기획부 자체는 문제없이 잘 운영될 거라 생각합니다. 외부에서 우리를 본 사람들은 제가 총괄기획부 내에서 절반 이상의 비중을 차지하고 있다 말하지만… 전 다르게 생각합니다. 이 모든 것은 저 혼자 만든 결과가 아닙니다. 여러분들이 각자의 자리에서 굳건하게 버텨줬기에 지금의 총괄기획부가 있고, 지금의 제가 있는 겁니다. 제가 없어도 여러분들이라면 충분히 해내실 수 있습니다."

잠시 호흡을 고르는 민철.

그간의 일들이 주마등처럼 스쳐 지나간다.

"이제 저는 내일부로 사무실을 떠나게 됩니다. 업무상으로 여러분들과 완전히 연을 끊는 건 아니지만… 그래도 사무실에서 떠나게 되었다는 것만으로도 많이 섭섭하긴 하군요."

"이 부장님……!'

여기저기서 조금씩 훌쩍이는 소리가 들려온다.

민철은 부하 직원들에게 존경받는 상사였으며, 앞으로도 그러할 것이다.

이사 승진.

뒤이어 차례차례로 빠르게 상무, 전무의 승진 절차를 밟아 최종적으로 회장직을 물려받을 계획이다.

그때까지는 당분간 서진구가 한경배 회장의 빈자리를 대신하게 될 것이다.

민철이 회장으로 올라서게 되면, 서진구는 당장 전선에서 물러서는 게 아니라 예지와 함께 한동안 민철을 도와 회사 운영에 관여할 예정이다.

남우진도 민철과의 협력을 선언했다.

이제 더 이상······.

민철의 진격을 막을 세력은 없다.

"제가 없어도 앞으로 여러분들의 상관이 되실 구인성 부장님도 훌륭하신 분이니 분명 잘해 나갈 거라 믿습니다. 이것으로 제가 할 말은 모두 끝입니다. 자, 건배하죠!"

민철이 먼저 높게 잔을 추켜올린다.

그의 행동에 따라 여기저기서 잔을 들어 올린다.

"총괄기획부의 미래를 위하여!!!"

"위하여!!!"

민철의 선창과 함께 직원들 역시 있는 힘을 다해 외친다.

이윽고 잔을 기울이기 시작하는 총괄기획부 멤버들.

민철의 건배사를 시작으로 총괄기획부 사원들의 아쉬운 회식 자리가 시작된다.

＊ ＊ ＊

이들과의 마지막 회식을 마친 뒤.

"3차 가야지, 3차!!"

"조 실장님, 이미 취하셨는데 또 어딜 가시려고요."

서기남이 조 실장을 부축하며 그를 만류한다.

이미 시간은 자정을 향해 달려가고 있다.

게다가 내일은 주말도 아닌 평일.

출근을 생각한다면, 이제 슬슬 집으로 들어가야 할 시간이다.

"얀마, 서기남!! 넌 민철이랑 오늘 마지막으로 가지는 회식 자리인데, 아쉽지도 않냐!!"

"저야 아쉽긴 합니다만……."

그렇다고 이대로 조 실장을 방치할 순 없다.

내일 구인성과의 첫 대면도 있고, 민철 또한 이사라는 직함을 달고 첫 출근에 임해야 한다.

회사는 개개인의 사정을 고려해 주지 않는다.

집단에 소속되어 있다면, 자신의 사정을 쉽게 앞세울 수가 없다.

"서 팀장."

"네, 이 부장님."

민철이 조용히 기남에게 다가가 속삭인다.

"미안한데… 네가 조 실장님을 자택까지 좀 바래다 드려 줘. 조 실장님 자택에 네 집이랑 그리 멀지 않으니까 부탁 좀 하마."

"알겠습니다."

서기남이 고개를 한 번 크게 끄덕인다.

그와 동시에 다시금 조 실장을 부축하고서 큰길가로 천천히 장소를 이동한다.

조 실장을 서 팀장에게 맡겨둔 뒤.

"이제 내일 출근도 해야 하니까 회식은 슬슬 여기서 마치도록 합시다. 다들 지하철 끊기기 전에 집에 들어가시고요. 너무 늦지 않게 가시기 바랍니다."

"이 부장님은요?"

태희가 슬쩍 민철에게 의향을 묻는다.

대중교통을 이용할 수도 있지만, 차를 가져온 터라 그럴 수도 없게 되었다.

"전 대리운전 기사 불러서 갈까 합니다."

민철도 술을 잔뜩 마시긴 했지만, 술에 대한 내성이 워낙 강하기 때문에 취하거나 그러진 않았다.

하지만 그렇다고 술을 마신 상태에서 운전을 하는 모습을 보일 수는 없다.

부하 직원에게 모범이 되는 상관.

그게 현재의 이민철이란 남자가 지니고 있는 이미지이기 때문이다.

"그럼 대리운전 기사 오기 전까지 잠깐 저도 같이 기다렸다 갈게요."

"굳이 그렇게 하지 않으셔도……."

"저희 집이 여기서 가장 가까우니까요. 전 걸어가도 돼요."

"……."

최근에 회사 근처의 원룸으로 이사를 하게 된 태희.

전에는 전철로 출근을 하던 그녀였으나, 이제는 도보로 출근길에 오른다.

물론 강남 지역 근처라서 집값이 좀 비싸긴 하지만… 그녀가 다니는 직장이 청진그룹이라는 점을 고려한다면 제아무리 비싼 월세라 하더라도 충분히 커버가 가능하다.

태희가 자의적으로 남겠다는데, 그녀의 등을 억지로 떠밀며 집에 들어가라 강요할 수도 없는 노릇 아니겠는가.

어쩔 수 없이 태희의 의견을 수용하기로 한 민철이 고개를 끄덕여 준다.

어차피 대리운전 기사가 30분이나 1시간 단위로 오랫동안 시간을 지체하며 오는 것도 아니니 말이다.

한편, 민철과 태희를 남겨두고 다른 직원들도 삼삼오오 각자 집으로 돌아가기 위해 조를 짜 이동한다.

"저희도 들어가 볼게요, 이 부장님."

화연이 빙그레 웃으면서 민철에게 작별 인사를 건넨다.

화연과 같이 돌아갈 파트너, 도안은 말없이 그저 고개를 끄덕이는 것으로 작별 인사를 대체한다.

두 사람의 집 방향이 엇비슷한 것도 있지만…….

아마 마법 수업 때문에 최근 들어 많이 친해진 모양인가 보다.

두 사람… 아니, 한 명의 고차원적 존재와 한 명의 인간이 서로 친해진다 하더라도 손해를 볼 건 없다.

추화연으로부터 이미 도안이 보여준 심정의 변화를 보고받았기 때문이다.

민철에 대한 도안의 분노가 점차적으로 사그라들고 있다.

게다가 민철을 믿고 따르는 사람들이 많아질수록 도안은 함부로 민철을 건드릴 수가 없게 된다.

도안은 그만큼 마음이 여리고 착한 심성을 지니고 있다.

누군가를 미워하는 것 정도는 가능하지만…….

누군가에게 미움을 받는 것은 그에게 있어서 견딜 수 없는 괴로움 그 자체다.

"저 두 사람, 요즘 들어 자주 붙어 다니네요."

태희가 수상함을 눈치챘는지 슬쩍 떠보는 식으로 말을 꺼내본다.

돌려서 말하긴 했지만, 태희가 무엇을 의심하고 있는지에 대해선 민철도 이미 충분히 잘 알고 있다.

혹시 사귀고 있는 거 아닐까 하고 말이다.

그럴 일은 없을 것이다.

애초에 화연은 인간이 아니다.

고차원적 존재이기 때문에 인간의 감정을 이해하지 못한다.

물론 이해하지 못한다는 범주에 드는 그 감정 안에는 '사랑'이란 것도 포함되어 있다.

사랑이라고 하면…….

태희 역시 빼놓을 수가 없다.

아직도 민철에게 그 감정을 품고 있을지도 모른다.

하지만 더 이상 그 감정을 드러내선 안 된다.

"아기 아빠가 된 거, 축하드려요."

"감사합니다."

진심 어린 축하를 건네는 태희.

그녀를 청진그룹 총괄기획부 부서로 데려온 건 바로 민철이다.

그러나 오늘을 기점으로 민철은 태희보다 한발 먼저 사무실을 떠나게 되었다.

"앞으로도… 자주 볼 수 있겠지요?"

태희가 원하는 건 단 하나.

그와 영원한 이별을 하고 싶지 않다.

그녀의 소망에 답하고자 민철이 조심스럽게 고개를 끄덕여 준다.

"나중에 또 이런 회식 자리 있으면 객원으로 자주 참가할 게요."

"그 말, 잊지 않을 거예요. 회식 자리 있을 때마다 민철 씨 부를 거니까요."

"하하하."

그녀의 귀여운 오기 발동에 민철은 그저 웃음으로 흘려 넘길 뿐이었다.

태희뿐만이 아니라 모든 사원이 그와의 이별을 아쉬워한다.

하지만 이 아쉬움을 딛고 앞으로 나아가야 한다.

민철이 지니고 있는 가장 큰 목표를 이루기 위해서라도.

제7장

암살 계획

고차원적 존재는 신을 대신해 인간계를 다스리는 업무를 분담해 처리하고 있는 존재들을 가리킨다.

그와 동시에 신의 뒤를 이어 차원 하나를 할당받아 통치하게 되는… 소위 말해서 차기 신 후보가 되는 자들이라 할 수 있다.

신이 될 수 있는 자들.

신의 자리에 올라설 수 있는 고차원적 존재의 숫자는 지극히 한정되어 있다.

그 와중에 드디어 레디너스 대륙을 관장하는 신의 자리가 공석이 되어버렸다.

신이 될 수 있는 기회다!

그 덕분에 고차원적 존재들은 자신이, 혹은 본인이 소속되어 있는 세력의 고차원적 존재를 신으로 올려놓기 위해 온갖 수단을 다 동원하고 있는 중이다.

고차원적 존재들 모두가 신의 자질을 갖췄다고 보기에는 힘들다.

처음부터 혼자만의 힘으로 신이 될 가능성이 없는 고차원적 존재들도 존재한다.

그러나 이들도 신이 될 수 있는 방법이 있다.

바로 자신과 같은 세력에 몸을 담그고 있는 자가 신의 자리에 먼저 올라서게 도와준다.

조력자로서 그를 도와주고, 그 고차원적 존재가 신의 자리에 오르게 된다면 훗날 자신 또한 신의 자리에 오르는 데에 신이 된 고차원적 존재의 도움을 받을 수 있을 것이다.

소위 말해서 '인맥' 이라는 것이다.

고차원적 존재는 인간에 비해 한 단계 높은 존재일 뿐이지, 사실상 인간들과 별반 다를 바가 없다.

서로를 조롱하고, 약자 위에 올라서는 걸 좋아하며, 신이 되고 싶다는 권력 욕심 또한 많은 편이다.

그중에는 물론 화연도 속해 있다.

그녀 역시 욕심이 많은 고차원적 존재 중 하나다.

그래서 본인을 포함해 자신의 세력 쪽에서 고차원적 존재가 나오길 바라고 있다.

그러기 위해서 일부러 민철에게 접촉을 시도했다.

민철이 인간계 대표로 신과 마주 서고, 고차원적 존재들이 인간계를 잘 다스리고 있다는 것을 어필한다. 그것이 화연의 계획이었다.

민철의 말에 따라 고차원적 존재들의 평가가 결정된다.

거기서 높은 평가를 받게 된 고차원적 존재는 신의 자리에 보다 가까워질 것이다.

화연이 소속되어 있는 세력들은 민철과의 우호적인 관계를 형성하는 쪽으로 방향을 굳혔지만, 그녀와 적대적인 세력을 구축하고 있는 다른 고차원적 세력은 민철을 대신해 자신들을 적극적으로 밀어줄 수 있을 법한 충성스러운 인간 한 명을 구해 신과의 만남을 가지게 할 생각이었다.

화연과 적대적인 세력을 구축하고 있는 자들… 소위 말해서 강경파들이 이런 생각을 하는 건 지극히 간단하다.

민철은 너무 머리가 좋다.

게다가 말까지 잘하는 존재다.

때문에 그가 쉽사리 자신들의 의도대로 특정 세력을 응원해 줄 거라곤 기대하지 않는다.

그래서 민철을 아니꼽게 보는 강경파 쪽에선 최근 비상대책회의가 열리게 되었다.

민철이 보다 신과의 만남에 가까워졌기 때문이다.

지면과 벽, 그리고 공간까지 전부 흰색으로 도배되어 있는 순백의 공간 내부.

그곳에서 반투명한 형태로 서 있는 다수의 존재들 사이에서 한 명이 먼저 의견을 제시한다.

"녀석을 그대로 둬선 안 됩니다. 이대로 가다간 정말 민철이란 인간이 신과의 만남을 달성할지도 모릅니다."

레이폰에게 적대적인 감정을 품고 있던 도안을 이용해 민철을 암살한다는 작전은 이미 실패로 돌아가고 말았다.

오히려 도안은 민철의 얄팍한 꾐에 넘어가 그와 동맹 관계를 구축하게 되었다.

민철이 구체적으로 어떤 방법을 썼는지에 대해선 강경파도 잘 모르는 사실이다.

화연이 인간으로 둔갑해 몰래 민철을 돕고 있을 거라곤 상상조차 하지 못하고 있었기 때문이다.

이들은 자존심이 높은 존재다.

하등 생물에 불과한 인간으로 둔갑한다는 건 있을 수 없는 일이기도 하다.

그래서 화연의 꼼수를 제대로 파악하지 못한 것이다.

"도안… 그자는 더 이상 회유할 수 있는 여력이 안 되는 건가?"

고차원적 존재 중 한 명이 나지막이 중얼거리지만, 처음 입을 열었던 고차원적 존재가 다시금 자신의 의견을 강력하게 피력한다.

"더 이상 인간을 믿을 수는 없습니다, 의장님. 차라리 저희가 직접 나서서 이민철, 그자를 암살해야 합니다."

"하지만 우리가 직접 나섰다가 괜히 신들에게 들키기라도 하는 순간, 모든 게 끝날 게야."

"어디까지나 자연사로 위장을 해야지요. 그건 어렵지 않을 겁니다."

"어렵지 않다?"

"예, 의장님. 저에게 이번 일을 맡겨주신다면… 제가 한번 녀석을 암살해 보겠습니다."

"……."

민철을 지켜보는 눈은 상당히 많다.

만약 여기서 강경파에 속해 있는 고차원적 존재가 직접 나서서 민철을 암살했다고 한다면, 신에게 큰 마이너스를 당할 것이다.

"들키지 않도록 최대한 유의해 주게."

"명심하겠습니다."

더 이상 도안에게는 기대할 것이 없다.

최후의 수단으로 강경파에 속해 있는 고차원적 존재들이 직접 나서기로 했으니…….

민철에게 또 다른 어둠의 그림자가 다가오고 있는 셈이었다.

*　　　*　　　*

처음 이사직으로 승진하고 첫 출근을 했을 당시.

민철이 가장 만족스러운 요소가 하나 있었다.

바로 자신만의 개인 사무실을 사용할 수 있다는 점이다.

"혼자만의 공간이라… 이것도 참 오랜만이군."

결혼을 한 이후 도통 혼자만의 시간을 가질 틈이 없었다.

집에 돌아가면 체린이 있고, 회사에 나오면 다수의 사원들이 그를 반긴다.

민철에게 더 이상 개인 시간이라는 건 없어지는 듯했다.

하지만 이사직으로 승진하면서 동시에 개인 사무실을 할당받게 되었다는 건 여러모로 기쁜 일이기도 하다.

혼자만의 공간과 시간을 가지면, 그만큼 집중도 잘되고 깊이 생각을 할 수 있는 여지가 마련된다.

생각하는 걸 좋아하는 민철에게 있어서 이 개인 사무실은 여러모로 큰 선물이 아닐까 싶다.

짐 정리를 대충 마무리 지으려고 하는 순간.

똑똑.

갑자기 사무실의 문 건너 노크 소리가 들려온다.

"예, 누구십니까."

그의 질문에 건너편에서 익숙한 목소리가 민철의 말에 답변을 들려준다.

"인사팀의 차원소 실장일세."

"아, 들어오세요."

문이 열리면서 차원소 실장이 얼굴에 미소를 가득 품은 채 들어온다.

"이야~ 사무실 좋네!"

"이게 다 차원소 실장님이 좋은 사무실로 배정해 주신 덕분이죠."

"나야 뭐 한 게 있나. 그냥 빈 사무실 중에서 우연히 넓고 인테리어 깔끔한 사무실 자리가 나서 배정한 것뿐이지. 그냥 네가 이사직으로 승진한 타이밍이 좋았던 거야."

"하하, 그런가요? 그것보다 무슨 일로 여기에……."

"아, 맞다."

뒤늦게 자신이 찾아온 이유에 대해 떠올린 차원소가 대뜸 카메라 하나를 꺼낸다.

"사진 촬영 좀 하자."

"…네?"

갑자기 웬 사진 촬영이란 말인가.

민철이 오히려 되묻자, 차 실장이 자초지종을 설명해 주기 시작한다.

"조만간 이사, 상무, 전무를 거쳐서 회장직까지 일사천리로 승진할 사람이 너 아니겠냐. 이제 한경배 회장님도 전선에서 물러나셨고, 앞으로 너에게 차근차근 이 청진그룹을 인수인계한다 하셨으니까 대외적으로도 너의 새로운 출발을 알릴 겸 걸어놓을 사진 같은 게 있으면 좋겠지."

"흐음… 그렇긴 하지요."

대외적이라는 단어엔 청진그룹에 소속되어 있는 외부 사람들도 볼 수 있게끔 게재를 한다는 의미도 내포되어 있다.

다시 말해서 기사 형태로 내보낼 거란 뜻이다.

"원래 그… 너랑 잘 아는 최서인 기자님이 오시기로 했는데, 갑자기 정계 쪽에 특종거리가 생긴 탓에 부족한 인력 채운다고 거기 땜빵으로 파견 나가서서 오늘 못 올 거 같다고 하시더라."

"하긴, 그렇지요."

차원소 실장이 말하는 정계 쪽 특종거리라 함은, 바로 이한선이 서울 시장 후보에 출마하겠다는 말을 공식적으로 선언한 일을 가리킨 말이다.

신오름당에서는 이한선 의원이 서울 시장 출마에 도전을 하게 되어, 다른 당들이 여러모로 불만 어린 목소리를 자아내고 있었다.

이한선 의원은 현재 국회의원 사이에서도 가장 높은 지지율을 보여주고 있는 인물이다.

20~30대 청년층은 물론이요, 중장년층에게도 다수의 표를 얻고 있는 이한선 의원.

민철과 상오그룹에서 적극적으로 자금적인 면에서 서포트를 해주고, 그 돈을 가지고 사회에 환원하는 형태의 대외적인 모습을 많이 보여줬던 이한선이기에 압도적인 지지율을 선보일 수 있었다.

이미 투표 결과는 빤히 예정되어 있다.

그렇기 때문에 그가 서울 시장 출마를 선언했다는 건…….

곧 차기 서울 시장이 이한선으로 결정되었음을 의미하는 것과도 같다.

그렇기 때문에 그의 서울 시장 출마 선언 발표가 더더욱 의미를 갖게 된다.

"기자님들도 고생이 많으신 거 같네요."

"그러게 말이다. 네 소식을 거의 전담하면서 실어주시던 최서인 기자도 거기에 파견됐을 정도니까… 섭섭하진 않냐?"

"섭섭할 게 뭐가 있겠습니까. 일인데요."

"하하, 그렇긴 하지."

섭섭하기보다는 오히려 자랑스럽다.

이한선은 민철이 거의 만들어주다시피 한 인물이다.

민철의 기대에 부응하듯 착실하게 성장해 가는 한선을 볼 때마다 민철의 입가에는 하루하루 웃음이 떠날 일이 없었다.

남우진 부사장에게 약속했던 정계 진출.

그 공약이 곧 있으면 현실로 이뤄질 것이다.

이한선의 서울 시장 출마는 단지 시작에 불과할 뿐.

이제 그가…….

아니, 그와 함께 이민철이라는 남자가 대한민국을 바꿀 것이다.

똑똑똑.

또 한 번 울리는 노크소리에 민철이 재차 목소리를 높인다.

"누구십니까?"

"나일세. 남우진."

"아, 부사장님 오셨습니까!"

예상치 못한 남우진의 방문에 당황한 쪽은 오히려 제3자이기도 한 차원소였다.

"나, 남우진 부사장님이 오셨다고?!"

"예. 그런 거 같습니다."

"이런……."

난감한 표정을 짓는 차원소였다.

민철이 비록 차원소보다 계급이 높긴 하지만, 그래도 후배였던 시기가 있기도 하고 지금도 편하게 말을 놓아도 본인이 크게 신경 안 쓰는 사이라서 편하긴 하다.

하지만 남우진 부사장은 엄격하기로 소문이 난 상관이다.

그의 방문 덕분에 이렇게 얼어붙는 반응을 보여도 이상하지 않다.

문을 열고 들어오던 남우진이 순간 카메라를 들고 서 있는 차원소를 바라본다.

"음? 자네도 있었군."

"안녕하십니까, 부사장님!"

"그래… 그 사진기는 뭐지?"

"이건 이민철 부장… 이 아니라, 이민철 이사가 새로 이사직으로 승진한 것을 기념해 사진을 찍고자 들고 온 겁니다."

"과연, 그렇구만."

고개를 연신 끄덕이던 남우진이 놀라운 제안을 한다.

"그럼 나하고 이민철 이사도 같이 좀 찍어주게."

"예?!"

남우진 부사장과 민철의 투샷.

상상조차 하지 못한 사진 찍기 제안에 덩달아 당황한 건 차원소였다.

그러나 남우진은 오히려 그의 반응이 이해가 안 간다는 표정으로 되묻는다.

"왜 그런가. 내가 이민철 이사랑 사진 찍는 게 이상한가?"

"아, 아닙니다! 결코 그런 건……."

"그럼 빨리 찍어주게. 자, 이 이사도 이쪽으로."

"예."

민철도 자연스럽게 남우진의 곁에 선다.

두 남자가 자리를 잡자, 차원소가 애써 쿵쾅거리는 심장을 진정시키며 카메라를 든다.

"자… 그럼 찍겠습니다!"

"잘 나오게 찍어주게나."

"노, 노력해 보겠습니다!"

찰칵!

셔터를 누르는 차원소.

설마 두 사람의 투샷을 찍게 되는 날이 올 줄이야.

사진을 찍은 당사자임에도 불구하고 차원소는 아직 자신이 꿈에서 깨어나지 못한 게 아닐까 하는 의심을 해본다.

*　　　*　　　*

민철이 떠난 총괄기획부 사무실 안에는 새로운 인물의 합류로 시끌벅적한 분위기가 형성되고 있었다.

"안녕하십니까, 구 부장님!"

각이 제대로 잡혀 있는 막내 사원들의 인사에 구인성 부장이 얼떨떨한 표정을 지어 보인다.

"어, 어. 그래… 안녕?"

"앞으로 잘 부탁드리겠습니다!"

"나야말로… 그나저나 조 실장, 여기 애들 왜 이리 딱딱해."

당혹감에 물든 표정으로 묻는 구인성 부장.

외근 준비를 서두르던 조 실장이 키득키득 웃기 시작한다.

"우리 애들이 저렇게 보여도 아직 경력이 얼마 안 되지 않습니까. 새로운 부장님 맞이하는 건 구인성 부장님이 처음이라 그런 거 같습니다만."

"아, 그래?"

홍보팀이 사실 다른 부서에 비해 많이 자유분방한 편이긴 하다.

그래서 총괄기획부의 이 분위기가 적응이 안 되는 듯싶다.

"난 또. 민철이 하도 많이 갈궈서 그랬나 싶었지."

"하하하. 민철이 녀석은 아마 청진그룹 부장 라인 중에서 가장 화 안 내기로는 톱3 안에 랭크될 정도인데 설마 그럴 리가요."

"하긴, 그렇지."

구인성도 민철이 어떤 스타일인지는 잘 알고 있다.

군기 잡는다고 부하 직원을 갈구는 이민철이라.

구인성의 입장에선 상상이 잘 안 간다.

"그나저나 민철이 녀석, 잘 적응하고 있으려나."

민철이 걱정을 해보는 구인성이었으나, 조 실장은 오히려 크게 신경 안 쓴다는 듯한 답변을 들려준다.

"그 녀석이라면 걱정 안 해도 될 겁니다. 오히려 너무 잘 지내서 탈 아닐까요?"

"내가 괜한 걱정을 했나 보구만."

이민철이라면 알아서 잘해낼 것이다.

구 부장은 그저 민철이 계속 문제없이 승진에 승진을 거듭해 자신과의 약속을 지켜주기만을 바랄 뿐이다.

*　　　*　　　*

차원소 실장이 돌아간 이후.

"오늘 아침에 뉴스 봤네."

남우진의 입가에는 아주 보기 드물게 옅은 미소가 새겨져 있었다.

그가 봤다는 뉴스가 무엇인지에 대해선 민철도 굳이 직접 듣지 않아도 잘 알 수 있다.

이한선이 서울 시장 출마 선언을 했다는 소식일 것이다.

"자네 말대로더군. 서울 시장이라… 정말 그자가 대통령이 되기 위한 절차를 밟는 건가?"

"예. 이미 이한선 의원, 그리고 강오선과도 이야기를 마친 상태입니다."

"강오선이라……."

민철에게 처음 그의 이름을 들었을 당시, 남우진은 오묘한 기분을 느낄 수밖에 없었다.

어떻게 본다면 강오선, 그 남자 때문에 남우진이 수세에 몰렸다고 할 수 있다.

물론 따지고 보자면 장진석 전무가 강오선을 꼬드겨 이번 일을 주도했지만, 강오선도 결국은 장진석 전무와 의기투합해 청진그룹을 위기로 몰아넣었다.

동기야 어찌 되었든 간에 그의 죄는 지우기 힘들다.

그래도 언제까지 사적인 감정 때문에 일을 그르칠 수도 없는 노릇 아닌가.

강오선은 권력을 거머쥔 사내다.

그라면 신오름당 여론을 쥐락펴락할 수 있다.

이한선의 가장 큰 적은 바로 같은 국회의원들이다.

이미 대중들에게 열렬한 지지를 받고 있는 이한선이지만, 동시에 그의 선행과 지지율을 못마땅하게 여기는 자들이 많다.

그래서 이들을 회유하기 위해서라도 강오선이란 남자의 존재가 필요한 것이다.

국회의원들 내부에서 그다지 좋지 않은 이미지를 가지고 있는 이한선을 위해 강오선이 뒤에서 그 의원들을 포섭, 혹은 회유하기 위한 뒷공작을 펼친다.

한때 신오름당 원내 대표까지 지내왔던 강오선이기에 신오름당 내부적으로 그의 손길이 닿지 않는 의원은 거의 없다.

그 결과, 이한선은 별다른 문제 없이 무난히 서울 시장 출마까지 도달하게 되었다.

"조만간 아마 만족할 만한 결과가 나올 겁니다. 이미 예상 투표 결과는 이한선 의원이 압도적인 1위를 차지하고 있으니… 서울 시장 당선에 큰 문제는 없을 것으로 예상됩니다."

"그렇겠지… 투표 조사를 한 곳도 제법 신뢰도 있는 언론 매체이기도 하니까."

오차 범위를 10~15%로 잡아도 이한선 의원의 당선은 매우 유력하다.

민철의 사전 공작이 벌써부터 힘을 발휘하고 있는 셈이다.

"부사장님도 정계 진출 준비를 하셔야지요."

"하하하, 이 사람이… 지금은 너무 이르지 않나."

"준비는 미리 하셔도 나쁘지 않을 거 같습니다. 제가 회장직에 올라서게 된다면 적극적으로 지원해 드릴 터이니 이제부터라도 슬슬 다른 의원님들과 같이 어울려 다녀보시는 것도 나쁘지 않을 거 같습니다."

"정계라……."

민철이 남우진과 우호적인 관계를 갖추면서 깨달은 사실한 가지가 있다.

남들에게 잘 알려지지 않았던 사실이지만, 남우진은 내심정계 진출에 대한 욕심이 많은 편이다.

그 욕심만 잘 충족시켜 준다면…….

남우진과의 우호 관계도 하자 없이 이어갈 수 있을 것이다.

*   *   *

차원소, 남우진을 비롯해 각양각색의 사내 주요 인사들이 민철의 승진을 축하해 주기 위해 그의 사무실을 들락날락했다.

서진구는 물론이고 차기 회장직을 차지한 민철에게 앞으로 계속 잘 보이기 위해서 얼굴을 자주 비추고자 중요 간부들도 더러 사무실을 방문했다.

일일이 이들을 맞이하느라 짐 정리조차 제대로 끝내지 못한 민철.

"생각지도 못하게 피곤한 하루가 되었군……."

어깨를 이리저리 돌리면서 최대한 피로를 풀기 위한 노력을 펼쳐 보인다.

졸지에 퇴근 시간을 넘어서면서까지 짐 정리를 하게 되어 버린 민철은 어쩔 수 없이 자신의 전화기를 꺼내 들 수밖에 없었다.

통화 상대는 바로 민철의 아내인 체린.

최근 임신으로 인해 배가 불러오는 탓에 지금은 집에서 요양을 하는 중이다.

"여보세요? 아, 난데… 오늘 좀 늦게 들어갈 거 같아."

─회식?

"아니, 사무실 짐 정리가 아직 안 끝나서."

─아침부터 하던 거 아니야?

"뭐… 이런저런 일이 있었어."

사람들이 많이 오고 갔던 걸 떠올린다.

민철도 사람 만나는 걸 싫어하는 편은 아니지만, 그렇다고 하루아침에 이렇게 많은 사람들을 만나면 제아무리 민철이라 하더라도 질리게 마련이다.

그의 말을 듣고 있던 체린이 기다렸다는 듯이 말한다.

―올 때 오렌지 사 와.

"오렌지?"

―응. 애기가 먹고 싶어 하는 거 같아.

"하하……."

과연 아기가 오렌지를 먹고 싶어 하는 게 맞을까.

아니면 단순히 체린이 먹고 싶은 걸까.

그래도 민철이 그녀의 부탁을 안 들어줄 리도 없지 않은가.

"알았어. 사 갈게."

―많이 사 와, 많이.

"알고 있어."

요즘 들어 체린은 먹성이 부쩍 좋아졌다.

원래는 체중 관리 때문에 식이 조절을 해오던 체린이었지만, 임신으로 인해서 그것도 지금은 포기한 상태다.

다이어트한다고 뱃속의 아기까지 굶게 만들 수는 없으니까.

그리고 어차피 임신 상태인데 다이어트가 무슨 소용인가. 산모와 아이가 건강하면 그것만으로도 충분하다.

체린과의 전화 통화를 종료한 뒤 빠르게 짐 정리를 시작하는 민철.

저녁 7시가 되어서야 퇴근길에 오른 민철이 회사 근처에 있는 과일 가게 잠시 들른다.

"실례합니다. 여기 오렌지 좀…….."

말을 이어가려던 찰나에, 민철을 보며 알은척을 해오는 여성의 목소리가 과일 가게 안에서 들려온다.

"어머나~ 이민철 이사님! 지금 퇴근하시는 건가요?"

"……."

너무나도 가식적인 인사에 민철이 할 말을 잃는다.

홍시가 가득 담긴 비닐봉지를 든 채 민철에게 말을 걸어오는 여인, 추화연이 빙그레 미소를 짓는다.

"오렌지 사려고 오신 거예요?"

"아… 네."

일단은 보는 눈이 있기 때문에 서로 존댓말을 사용한다.

회사 근처에 있는 과일 가게이다 보니 청진그룹에서 일하는 사람들과 졸지에 마주칠 수도 있다.

과일 가게에서 화연과 우연히 마주친 것처럼 말이다.

"오렌지라… 사모님께서 사 오라고 하셨나 보네요."

"잘 아시는군요."

민철은 집에 과일을 거의 사 가지 않는 편이다.

오히려 체린이 많이 사 가는 덕분에 굳이 민철이 과일을 사지 않아도 이들 부부의 집안에 위치한 냉장고 안에는 늘 과일로 가득 차 있기 때문이다.

"화연 씨는… 그거, 홍시군요."

"네. 요즘 홍시라는 과일이 엄청 맛있더라고요. 밥 대신 먹고 있어요."

"홍시만 너무 먹으면 건강에 안 좋습니다. 끼니를 해결할 때에는 과일보다 밥을 드세요."

"명심하도록 할게요."

가볍게 윙크를 하면서 대답하는 화연.

그녀의 태도에 민철은 화연이 자신의 말을 가볍게 한 귀로 듣고 한 귀로 흘려들을 거라고 예상한다.

두 사람이 같이 과일 가게 바깥으로 나서자, 또 다른 익숙한 인물과 마주친다.

"아……!"

바로 민철과 일시적으로 휴전을 선언한 9클래스 마법사, 도안이었다.

사무실 내에서는 올바른 직장 상사와 부하 직원 사이를 연기해 오고 있지만…….

바깥에서는 예외다.

하지만 그렇다고 회사 바로 근처에서 서로 반말을 주고받을 수도 없는 노릇이다.

"레이폰… 아니, 이민철 이사님. 퇴근하시는 중인가 보군요."

"네. 아내가 오렌지를 먹고 싶다고 해서요. 그나저나 도안

씨도 과일 가게에 볼일이 있는 겁니까?"

"아니요. 저는… 화연 씨랑 일이 있어서 잠깐 같이 어울리고 있을 뿐입니다."

"그렇군요."

그 일이라고 함은 분명 마법 수업을 가리키는 게 틀림없다.

화연과 도안이 같이 다닐 일은 그것밖에 없기 때문이다.

세간에는 두 사람이 연인 관계로 발전한 거 아니냐는 소문도 돌고 있지만, 도안도 그렇고 화연도 그렇고 두 사람 다 사랑이라는 감정에 상당히 둔감한 자들이다.

특히나 화연은 애초에 인간도 아니다.

인간보다 상위 존재라는 자존심 하나로 먹고사는 고차원적 존재가 하등 생물인 인간과 사랑에 빠지다니.

그런 일은 있을 수 없다.

만약이란 단어를 붙여도, 민철의 머릿속에는 도저히 상상이 안 가는 구도다.

"과일 가게 앞에서 이렇게 인연 깊은 세 사람이 만나게 되다니. 신기한 일이네요."

화연의 입가에는 연신 싱글벙글 미소가 새겨진다.

민철의 입장에선 그다지 접하고 싶지 않은 우연한 만남이지만, 화연은 그렇지 않은가 보다.

"이렇게 같이 만난 것도 인연인데, 식사라도 하고 가시는 게 어때요, 이민철 이사님?"

"아, 저는 아내가 기다리고 있어서……."

적당히 체린의 핑계를 대면서 자리를 뜨려고 하는 순간.

"……!!"

갑자기 화연과 도안의 표정이 굳는다.

민철 역시 무언가를 감지하고 반사적으로 고개를 들어 올린다.

그러자…….

우지끈! 소리와 함께 4층 건물 맨 위에 매달려 있는 대형 간판이 세 사람의 머리 위에 곤두박질치기 시작한다!

가장 먼저 반응을 보인 쪽은 도안이었다.

"큭!"

오른손을 뻗으며 빠르게 정신을 집중한다.

뒤이어 매서운 강풍이 그의 손에 맺혀들기 시작한다.

"윈드 브레이커!!"

시동어의 외침과 함께 바람의 힘이 빠른 속도로 낙하하는 간판의 속도를 급격하게 늦춘다.

화연과 함께 간판이 떨어질 법한 위치에서 빠르게 자리를 뜨는 민철.

이윽고 두 사람이 대피했음을 깨달은 도안이 곧장 발동시킨 마법을 푼다.

쿵!!

묵직한 대형 간판이 바닥에 그대로 떨어진다.

낙하 속도를 줄였음에도 불구하고 아스팔트 바닥이 균열
이 새겨질 정도였다.

"하이구, 이게 무슨 일이야?!"

놀란 가게 주인이 새된 비명을 지른다.

하지만 민철과 화연, 그리고 도안은 굳은 얼굴로 간판을 바
라본다.

뭔가…….

심상치 않은 일이 벌어지고 있었다.

*　　　*　　　*

과일 가게 주인을 비롯해 주변을 지나가던 행인들이 놀란
눈으로 방금 간판이 떨어진 곳을 응시한다.

"괘, 괜찮수?!"

제법 나이가 있는 과일 가게 주인이 재차 민철과 도안, 그
리고 화연에게 다친 곳은 없는지 묻는다.

그러나 세 명은 묵묵히 고개를 끄덕일 뿐이다.

겉으로 봐도 크게 다치진 않은 것 같아 보인다.

"위험했네요."

"……."

추화연은 무표정을 거둔 채 다시 평소의 모습으로 돌아와 미소를 지으며 아무렇지도 않게 말한다.

사실 화연에게는 인간으로서 죽음이라는 개념이 없다.

만약 낙하하는 간판에 그대로 깔렸다면 인간으로서의 육신만 소멸될 뿐이지, 고차원적 존재로서의 추화연은 그대로 남게 된다.

그러나 도안과 민철은 다르다.

특히나 이민철…….

그의 목숨은 고차원적 존재들에게 있어서 결코 무시하지 못할 중요한 생명의 불꽃이 되어버렸다.

그런데 갑자기 우연치 않은 사고에 목숨을 잃을 뻔한 것이다.

"누가 빤~ 히 봐도 뭔가 수상함이 느껴지는 사건 아닌가요?"

화연이 간판을 이리저리 둘러보며 혼잣말을 내뱉는다.

그 말에 유독 민감히 반응하는 쪽은 바로 민철이었다.

화연의 말 그대로다.

우연이라고 하기에는 알 수 없는 위화감이 너무나도 많이 느껴진다.

마치…….

누군가가 민철과 도안의 목숨을 노렸다고밖에 볼 수 없다.

"…아는 게 있습니까?"

민철의 시선이 도안에게로 향한다.

그러나 도안 역시 전해 들은 건 없다.

"아니요… 전……."

그 순간.

도안의 뇌리를 스치는 한 존재의 말.

레이폰 더 데스사이드가 이 세계에 있다는 말을 들려줌과 동시에 이 세계로 도안을 환생시킨 고차원적 존재가 있다.

민철을 암살하기 위해 일부러 자신을 소환한 듯한 뉘앙스를 풍기던 고차원적 존재.

그러나 일정 시점 이후부터 고차원적 존재와의 만남조차 없어졌다.

만약… 그 고차원적 존재가 처음부터 민철의 목숨을 노리고 있었다면.

이 비정상적인 사고 역시 우연을 가장한 암살 시도가 아닐까.

"…한 가지 의심되는 게 있습니다."

도안이 민철과 화연을 불러모은다.

그가 알고 있는 정보를 두 사람에게 공유해 주기 위해 자리를 옮기는 도안.

그의 행동을 위에서 예의 주시하고 있던 반투명한 존재가 짧게 혀를 찬다.

"레이너 슈발츠… 결국 레이폰 더 데드사이드의 편으로 돌아선 건가……."

강경파에 소속되어 있던 고차원적 존재는 민철을 사고에 의한 사망으로 위장하기 위해 일부러 간판을 떨어뜨리는 시도를 했다.

하나 예상하지 못한 인물이 민철의 목숨을 구해줬다.

민철을 암살하라고 이 세계로 소환한 도안이 정작 민철을 보호해 준 것이다.

"인간이란… 하나같이 전부 쓸모가 없는 생물이로군."

그 말과 함께 반투명한 존재가 자신의 흔적을 지워간다.

*　　　*　　　*

"고차원적 존재라……."

민철이 방금 전, 도안에게 들은 말 중 일부를 되새긴다.

민철의 목숨을 노리고 있는 존재가 있다.

그리고 그 존재가 도안을 이곳으로 소환했다.

도안이 이런 정보들을 들려준 것이다.

물론 민철과 화연도 다 알고 있는 정보들이다.

하지만 중요한 건 도안이 이런 사실을 두 사람에게 실토했다는 점이다.

"…만약 내 추측이 맞다면 아마도 레이폰, 너를 죽이려고 일부러 저지른 짓이라고밖에 볼 수 없어."

"그렇군."

짐짓 모른 척 연기를 하며 고개를 끄덕이는 민철.

화연과 적대적인 세력을 구축한 강경파 고차원적 존재들이 민철의 목숨을 노리고 있다는 건 잘 알고 있는 사실이다.

하나 이들의 암살 계획에도 불구하고 민철은 한 가지 사실 때문에 속으로 기쁜 마음을 주체하기 힘들었다.

바로 도안이 자신이 알고 있는 또 다른 진실을 민철과 화연에게 공유했다는 점이다.

이 뜻은, 도안이 민철을 전적으로 믿고 신뢰하겠다는 것을 뜻한다.

만약 도안이 여전히 민철에게 분노라는 감정을 품고 있다면, 이와 같은 추측을 말해주지도 않았을 것이다.

도안이 굳이 손을 쓰지 않고도 민철의 목숨을 거둘 수 있는데 뭐하러 말을 해주겠는가.

"……."

잠시 침묵을 지키던 민철이 화연을 바라본다.

그러면서 재차 충격적인 발언을 던진다.

"추화연."

"응? 왜?"

"내가 알고 있는 정보를 전부 도안에게 공유해도 되나?"

순간적으로 화연의 표정이 굳어가기 시작한다.

민철이 알고 있는 정보의 전부라는 건, 다시 말해서 고차원적 존재들을 비롯해 신과의 만남이 걸려 있는 내기 자체를 전부 다 도안과 공유해도 되냐는 물음이다.

"어차피 레이너 슈발츠 역시 고차원적 존재를 알고 있다. 그리고 세계의 비밀을 안다 해도 레이너가 다른 사람들에게 멋대로 이 이야기를 퍼뜨리고 다닐 만한 사람도 아니고. 그건 너도 잘 알 텐데."

"음……."

사실 도안에게 모든 사실을 공유해도 그다지 큰 차이는 없다.

민철의 말 그대로 도안 역시 고차원적 존재의 여부를 알고 있으니까.

그러나 화연의 마음에 걸리적거리는 건 따로 있었다.

정보를 말해줘도 되냐는 질문을 왜 하필이면 도안의 앞에서 한 것일까.

자신을 따로 불러 물어봐도 될 일을 구태여 대놓고 말을 했다.

만약 화연이 정보를 공유해 주지 말라고 말하면 결국 도안은 '나한테 숨기고 있는 무언가가 있구나!' 라는 의구심을 계속 가질 수밖에 없는 상황이다.

결국 민철은 화연에게 정보 공유 허가를 강요한 것과 다름이 없다.

선택지를 고를 수 없는 선택.

'하나부터 열까지 정말 방심할 수 없는 자라니까.'

화연이 몰래 쓴웃음을 삼킨다.

속으로 약간은 배가 아프긴 하지만, 그래도 민철의 목숨이 걸려 있는 문제니 허가를 해주는 게 좋다고 생각한다.

"마음대로 해."

"알았다."

고개를 끄덕인 민철이 자신이 알고 있는 정보를 공유하기 시작한다.

민철이 이 세계로 소환된 이유.

화연의 정체.

고차원적 존재들간의 세력 싸움.

그리고…….

"사실 난 10클래스 마법을 사용할 줄 모른다."

"……!!"

마지막으로 민철은 자신이 10클래스 마법 사용 유저가 아니라는 사실까지 전부 이실직고(以實直告)한다.

그 점에 대해서는 화연도 놀랄 수밖에 없었다.

자칫 잘못하면 도안에게 목숨을 잃을지도 모른다.

그러나 민철의 생각은 달랐다.

도안은 민철에게 고차원적 존재가 연관되어 있는 암살 계획을 전부 털어놓았다.

그 순간 민철은 굳게 확신했다.

도안은…….

레이너 슈발츠는…….

더 이상 적이 아니다.

오히려 민철의 곁에 서서 그를 지원해 줄 든든한 아군이 될 것이다.

"거짓말을 한 점에 대해선 사과를 하지."

"…아니, 충분히 레이폰다운 거짓말이었어. 그 점에 대해서는 나도 이해를 하겠다. 목숨이 걸려 있는 일인데, 그 정도 거짓말 정도는 할 수 있으니까."

도안도 민철이 10클래스 마법을 사용할 수 있는지 없는지에 대해서는 크게 중요치 않게 생각한다.

초창기 시절의 도안이었다면, 이 자리에서 바로 민철의 목숨을 노렸을 것이다.

하지만 그건 어차피 무산이 되었을지도 모른다.

왜냐하면 민철이 10클래스 마법을 사용하지 못하는 것일 뿐이지, 그의 편이기도 한 추화연이 10클래스 마법을 사용할 수 있다는 건 변함이 없기 때문이다.

또한 그 말인즉슨.

도안은 여전히 10클래스 마법을 전수받을 기회가 있다는 것을 뜻한다.

민철이 10클래스가 아니라 하더라도 화연이 10클래스 마법을 사용할 줄 알고, 그녀가 도안에게 마법 전수를 꾸준히 해주기만 한다면 민철이 약속한 공약에는 큰 차질이 생기진 않는다.

그리고 사실 도안은 민철이 자신에게 모든 진실을 말해줬다는 것에 대해서 아주 미세하게 감동이라는 감정까지 느끼고 있었다.

도안은 애초에 악인이 아니다.

오히려 바보같이 느껴질 만큼 성실하고 착한 남자다.

누군가가 그와 정보를 공유하고 도움을 필요로 하는데, 도안의 입장에서 악감정을 지닐 이유는 없을 것이다.

"단도직입적으로 제안… 아니, 부탁하지. 날 도와줄 수 있겠나?"

천하의 레이폰이 레이너 슈발츠에게 도움을 구한다.

레이폰이 이렇게까지 나오는데, 무시할 수 있을까?

천만에.

도안의 심성으로는 그의 도움 요청을 결코 거절할 수 없다.

게다가 이제는 민철의 양어깨에 수많은 사람의 운명이 걸려 있다.

청진그룹 차기 회장을 맡게 되었고, 회장 세력과 부사장 세력을 통합시켰다.

그리고 조만간⋯⋯.

한 생명의 아버지가 될 남자다.

"⋯내가 얼마만큼 도움이 될 수 있을지 모르겠지만, 우선 최대한 할 수 있는 만큼 도와주도록 하지."

"고맙네."

민철이 선뜻 먼저 악수를 건넨다.

순간적으로 당황하는 도안이지만⋯⋯.

망설임 없이 민철의 손을 잡아준다.

큰 위기 앞에선 어제의 적도 오늘의 동료가 될 수 있다.

비록 강경파에 속한 고차원적 존재들에게 목숨을 위협받는 신분이 된 민철이지만, 덕분에 도안이라는 믿음직한 동료를 얻게 되었다.

*　　　*　　　*

도안을 먼저 보내고 화연을 집으로 데려다주기 위해 차량에 몸을 실은 민철.

옆 좌석에 앉은 채 입을 여는 화연이 민철을 응시한다.

"이제부터 본격적으로 강경파 녀석들이 네 목숨을 노릴 텐데… 혼자 행동해도 괜찮겠어?"

"도안의 말을 인용하자면, 녀석들은 어디까지나 내 목숨을 '사고사'로 위장하기 위한 암살 방법밖에 시행하지 못한다. 그렇다면 사고사가 나지 않게끔 틈만 주지 않으면, 내 목숨을 쉽게 노리지 못할 거야."

"과연… 그런 대처 방법도 있구나."

위험한 곳에는 가지 않는다.

이것만으로도 암살 시도 횟수를 기하급수적으로 줄일 수 있다.

그리고 민철 역시 기본적으로 마법을 사용할 수 있는 남자다.

사실 간판 사건에서도 민철 역시 마법으로 자신의 안전을 확보할 순 있었다.

하지만 그보다 도안이 먼저 반응했기에 마법을 사용하지 않았을 뿐이다.

"아무쪼록 최대한 조심해. 만약 강경파 녀석들이 널 암살하는 데에 성공하기라도 한다면 큰일이니까."

화연이 다시금 민철에게 신변의 안전을 강요한다.

그러나 민철은 지금 이 상황을 크게 위기로 받아들이고 있지 않고 있었다.

"오히려 녀석들에게 고마워해야 할 판국이야."

"…고마워해야 한다고?"

이해가 안 가는 표정을 지어 보이는 화연.

그도 그럴 것이, 인간도 아닌 고차원적 존재가 목숨을 노리고 있는데 고맙다는 말이 나올 리가 있는가.

하지만 민철은 더 큰 그림을 보고 있었다.

"계속적으로 암살 시도를 피하고 피해서 녀석들을 안달 나게 한다. 그리고 최종적으로는… 강경파 놈들이 직접 나서서 내 목숨을 앗아 가려는 상황까지 만들면 된다. 그게 목표지."

"그러면 네가 죽을 텐데?"

"강경파가 먼저 나서게 되었다면, 네 세력들도 직접 나설수 있는 명분을 취득하게 되겠지. 그러면 거기서 게임은 끝나는 거야."

제아무리 고차원적 존재라 하더라도 상대 역시 같은 고차원적 존재라면 강경파도 쉽사리 민철을 건들지 못할 것이다.

명분을 손에 거머쥔 자는 선(善)이 되고, 명분이 없는 자는 악(惡)이 된다.

"추화연, 네 세력이 선이 될 수 있는 좋은 기회다. 그렇게 된다면 신이란 자는 강경파보다 너희를 더 좋게 보겠지. 물론 내가 너희 세력 덕분에 목숨을 부지하게 된다면, 이와 같은 자료들을 충분히 모아 신에게 모든 진실을 털어놓겠다. 그렇다면 강경파 녀석들은 끝이지. 안 그런가?"

"목숨을 건 작전이네."

화연이 어깨를 살짝 으쓱인다.

뒤이어 운전대를 잡은 채 시선을 앞으로 고정시킨 민철이 옅은 웃음을 짓는다.

"신과의 만남을 얻기 위해서라면, 이 정도 위험은 충분히 감수할 수 있어."

이 내기에서 이기게 된다면, 민철은 목숨을 걸어왔던 것에 대한 충분한 보상을 요구할 것이다.

그리고 신이 그의 요구를 들어주게 된다면…….

아마 고차원적 존재 모두가 민철의 발밑에 무릎을 꿇게 될 것이다.

제8장

비밀 동맹

강경파에 속하는 고차원적 존재들에게 졸지에 목숨을 위협받게 된 민철.

하지만 그의 곁에는 도안을 비롯해 화연이라는 든든한 아군이 버티고 있다.

문제가 발생할 경우, 이를테면 저번처럼 간판이 갑자기 떨어져 그를 위협한다든지 하는 우발적인 사고가 발생할 때에는 민철, 혹은 도안이 알아서 대처할 수 있으나…….

그 밖의 경우를 대비해서 민철은 화연에게 한 가지 주의를 내릴 수밖에 없었다.

"너는 무슨 일이 있어도 평범한 인간인 척 연기를 해라."

"…나?"

"그래, 너."

민철의 사무실 안.

그곳에서 용무가 있는 척하면서 자연스럽게 민철의 사무실을 방문한 화연이 민철과 강경파에 속해 있는 고차원적 존재들의 공세에 대한 논의를 펼친다.

그러던 와중에 나온 말이 이것이다.

추화연은 절대로 강경파 녀석들의 공세에 모습을 드러내지 말 것.

아니, 정체를 드러내지 말 것이라고 표현하는 편이 더 정확하지 않을까 싶다.

"이유가 뭔데? 내가 나서게 된다면 일은 훨씬 원만하게 해결될 텐데?"

화연의 입장에선 자못 궁금함이 느껴질 수도 있다.

제아무리 도안과 민철이 실력 있는 마법사라 하더라도 결국 인간에 불과하다.

하나 이들이 고차원적 존재와 정면으로 겨루게 된다면 승산이 있을까?

아무리 봐도 승산은 없다.

그러나 민철은 화연의 참전을 엄숙히 금한다.

"여기서 네가 인간으로 둔갑하고 초기부터 나를 도왔다는 걸 스스로 드러낸다면, 지금까지 네가 쌓아온 모든 공로가 무너지는 셈이다. 그건 잘 알고 있겠지?"

"뭐… 그렇긴 하지."

그러나 강경파 녀석들의 공세에 의해 민철이 죽어버리게 된다면, 그것도 그것 나름대로 난감하게 된다.

회장직에 취임하게 되면, 민철은 그 즉시 신과의 만남을 가질 자격을 얻게 된다.

그런데 그런 민철이 암살을 당하게 된다면, 화연의 세력들은 여태 헛수고를 한 셈이다.

"내가 너에게 요구할 건 하나다. 만약 강경파 녀석들이 우연한 사고로 나를 죽이지 못할 경우… 놈들은 분명 나를 직접 죽이려고 들 것이다. 그때, 너는 네가 직접 나서는 형태가 아닌 너의 동료들이 강경파를 맞상대하는 대치 상황을 만들어야 돼. 설사 네가 나를 도와준다 하더라도 추화연이 아닌 고차원적 존재로서 나를 도와줘야 하는 상황이 와야 한다. 무슨 말인지 알겠지?"

"음… 얼추."

그녀도 민철이 하고자 하는 말이 무엇인지 알고 있다.

인간으로 몰래 둔갑해 신과의 만남이 예정되어 있는 대상자와 접촉을 해왔다는 증거를 스스로 드러내면, 강경파가 오히려 역으로 화연에게 태클을 걸 요소가 생기는 것이다.

화연의 입장에서 그건 좀 피하고 싶은 경우의 수이기도 하다.

화연이 도와주지 않으면 민철의 목숨이 구제받을 확률이 적어진다.

하지만 그는 처음부터 이렇게 말했다.

목숨을 건 마지막 작전이라고.

인간계에서 신과의 만남을 위한 작전은 거의 막바지에 다다랐다.

민철이 청진그룹 차기 회장직에 취임하는 걸 막아설 수 있는 이는 아무도 없게 되었다.

이제 남은 것은 단 하나.

강경파의 위협만이 남았다.

민철은 추화연의 반대에 서 있는 고차원적 존재들이 언젠가는 직접 나설 거라 생각한다.

도안을 소환해 암살을 지시할 정도인데, 그들이 직접 나서지 말라는 법도 없다.

"네가 한 말은 명심하고 있을게."

민철이 무엇을 말하고자 하는 것인지에 대해선 이미 화연도 잘 이해하고 있었다.

납득했다는 듯이 고개를 끄덕인 채 다시 총괄기획부 사무실로 돌아가려고 발걸음을 돌리는 화연.

그 순간.

"더 할 말이 남았다."

"뭔데?"

"아주 중요한 일이야."

"……?"

강경파에 관한 이야기 말고 또 중요한 이야기가 뭐가 있을까.

나름 머릿속으로 추론을 해보는 화연이었지만, 감이 잡히는 게 없다.

"설마 나한테 청혼이라도 하려고?"

"이상한 농담 하지 말고… 주변에 사일런스 마법을 쳐 둬라. 인간뿐만이 아니라 강경파 녀석들도 듣지 못하게끔 아주 강력한 마법진을 발동시켜 둬."

고개를 살짝 갸우뚱하는 화연이었으나, 어렵지 않다는 듯 마법을 발동한다.

그녀의 마법이 완벽하게 시전됐음을 느낀 민철이 무겁게 입을 연다.

"이제부터 내가 너에게 들려줄 이야기는… 네 동료들한테도 말해선 안 될 중요한 말이다."

"……."

오로지 이민철과 추화연.

두 사람만의 이야기로 간직해야 한다.

"그렇게 말하니 뭔지 궁금해지면서도… 좀 불안하네."

화연도 눈치가 없는 여자가 아니다.

그럼에도 불구하고 민철이 무슨 말을 꺼내려고 하는지 도통 감이 안 잡힌다.

그녀는 인간이 아닌 고차원적 존재다.

인간을 하등생물 취급하며 그들보다 우월하다는 자존심을 늘 지니고 있는 이들이지만…….

화연은 레이폰 더 데스사이드의 능력을 아주 높게 평가하고 있다.

그래서 그의 처세술과 화술을 배우기 위해 일부러 인간으로 둔갑을 해 그의 곁에 남은 것이다.

고차원적 존재가 인간에게 무언가를 배우기 위해 직접 인간으로 현현했다는 말이 다른 고차원적 존재에게 퍼진다면 웃음거리가 될 것이다.

그러나 화연은 크게 상관하지 않는다.

민철의 능력은… 진짜배기니까.

"그래, 무슨 이야기를 하려는 거야?"

본격적으로 자리를 잡고 앉는 화연.

이야기가 아마도 길어질 것처럼 보였기에 일찌감치 소파

에 엉덩이를 대고 앉는다.

그녀의 맞은편으로 자리를 이동한 민철 역시 마찬가지로 그녀를 마주 보며 앉는다.

이윽고 화연의 귀를 쫑긋 세우게 할 만한 말을 꺼낸다.

"나와 한 가지 거래를 하자. 만약 네가 나의 제안을 승낙한 다면……."

"승낙한다면?"

"…널 신의 자리에 앉혀주지."

"……!!"

고차원적 존재라면 모두가 노리고 있는 바로 그 자리.

신이 될 수 있다!

민철의 한마디에 화연의 눈동자가 크게 흔들린다.

여태까지 이런 동요를 보여준 적이 없는 화연이지만, 신과 연관된 말이 나오는 순간 그녀가 관심을 가지지 않을 수가 없었다.

"들어볼 만한 가치가 있는 거 같네."

인간으로 둔갑하고 나서 처음으로 그 보람을 느낀 게 아닐까 싶을 정도였다.

그렇게 해서 시작된 두 사람만의 은밀한 대화.

세계 하나의 운명을 좌지우지할 만한 내용이 민철의 사무실 안에서 펼쳐지게 된다.

                    *   *   *

　회사 지하 주차장으로 향해 퇴근을 하기 위해 차량으로 이동하는 민철.

　그 순간.

　구구구구구궁…….

　지하 주차장 입구에서 갑자기 차량 한 대가 민철을 향해 돌진해 오기 시작한다.

　차량의 운전자는 얼굴에 사색이 된 채 필사적으로 운전대를 돌리려 하지만…….

　그가 아무리 힘을 쥐어도 운전대는 돌아가지 않는다.

　아무리 봐도 일부러 민철을 차로 치기 위한 행동으로밖에 보이지 않는다.

　그러나 민철은 당황하지 않고 빠르게 마법을 발동시킨다.

　'헤이스트!'

　순식간에 몸의 움직임을 빠르게 활성화시킨 민철이 그 자리를 벗어난다.

　민철을 목표로 달려들던 차량은 결국 지하 주차장 벽면에 그대로 들이박고 만다.

　겨우 운전석에서 나온 남자 한 명이 기겁한 표정으로 민철에게 다가간다.

"아, 안 다치셨습니까?!"

"네, 괜찮습니다."

"정말 죄송합니다!! 저놈의 차량이 갑자기 브레이크도 안 듣고… 하마터면 큰일 나실 뻔했습니다!"

"크게 신경 쓰지 마세요. 그보다 우선 뒤처리부터 해야……."

"그, 그렇지요!"

남자가 어디론가 허겁지겁 전화를 시도한다.

한편.

지하 주차장에 주차되어 있는 차량 사이에서 모습을 드러낸 도안이 쓴웃음을 지은 채 입을 연다.

"최근 이런 일이 많이 벌어지고 있군요, 이민철 이사님."

"그러게 말입니다. 요즘 운이 정말 안 좋은 거 같아요."

도안은 민철이 위기에 처한 장면을 지켜보고 있었다.

여차하면 자신이 직접 나서기 위해 마법까지 발동시켰지만, 민철은 진작부터 이 위기 상황을 눈치채고 알아서 스스로 피하는 데에 성공했다.

민철을 암살하기 위해 일부러 차량을 조작한 티가 팍팍 나는 사건이었다.

그러나 인간은 적응하는 생물 아니겠는가.

비록 목숨에 위협을 받고 있다 하더라도, 강경파 놈들이 자신의 목숨을 노리고 있다는 사실을 깨닫고 경각심을 항상 가지고 있다면, 웬만한 위기는 민철이 스스로 극복이 가능한 수준밖에 되지 않는다.

강경파는 민철을 직접 암살해서는 안 되고… 어디까지나 '자연적인 사고 발생으로 인해 목숨을 잃은 형태'를 고수해야 한다.

그래서 어설픈 시도밖에 나오지 않고 있다.

"아마 고차원적 존재들도 지금쯤이면 슬슬 안달이 나겠지."

"…그걸 어떻게 알 수 있지?"

차량에 타고 있던 남자에게는 들리지 않을 만큼 목소리를 잔뜩 낮춘다.

민철은 최근 자신에게 발생한 사건 사고 횟수에 대해 언급한다.

"날이 가면 갈수록 나를 죽이려고 하는 시도가 빈번해지고 있어. 이대로 시간을 지체하면 난 회장 자리에 오르게 될 테고, 그렇게 되면 난 녀석들과의 내기에서 성공을 거두게 되는 셈이지."

"횟수라… 처음 간판이 떨어졌을 때와 비교해 봤을 때 확실히 많이 늘어나긴 했지."

"시간이 얼마 남지 않았다. 한정된 기간 안에 날 죽여야 하는데, 계속해서 나는 놈들의 함정을 아무렇지도 않게 빠져나가고 있지."

"하긴……."

민철의 노림수는 녀석들을 안달 나게 해 그들이 직접 암살을 시도하는 장면을 포착하는 것이다.

"이미 화연한테 다른 고차원적 존재들에게 강경파의 행동을 널리 알리라고 지시해 뒀다. 강경파가 나를 죽이려 한다는 말이 고차원적 존재들을 비롯해 신의 귀에 들어가게 된다면… 녀석들은 끝이야."

"그렇게 되면… 결국 견디다 못한 녀석들은 신의 귀에 놈들의 수작이 들어가기 전에 너를 죽이려고 인간계에 모습을 드러내겠군."

"아마도 그렇겠지."

마법을 부리는 민철을 사고로 죽이려 한다는 건 상당히 힘든 일이다.

게다가 도안까지 있지 않은가.

"이미 이 게임의 결말은 정해졌어. 녀석들의 패배다."

상황은 이미 민철이 원하는 대로 흘러가기 시작한다.

*　　　*　　　*

"녀석이 또⋯⋯!!"

강경파에 소속되어 있는 고차원적 존재들의 한숨은 날이 갈수록 심해지고 있었다.

일반 사람도 아닌 마법을 익힌 자를 자연사로 위장시킨다는 건 생각보다 어려운 일이다.

이들이 직접 손을 본다면 어려운 일도 아니거늘⋯⋯.

다른 고차원적 존재들의 눈을 피해 이런 어설픈 시도를 하고 있지만, 결과는 그다지 좋지 않다.

"이미 다른 고차원적 존재들 사이에서도 우리가 이민철, 그자를 암살하기 위해 시도하고 있다는 말이 순식간에 퍼져 나가고 있습니다."

"이대로 가다간 신들에게도 우리의 만행이 들통날 가능성이 큽니다."

"그전에 어떻게든 해결을 봐야⋯⋯."

상당히 모순된 상황이다.

목숨을 위협받는 건 민철이지만, 정작 발을 동동 굴리는 쪽은 다름이 아닌 암살 계획을 실행하는 강경파였다.

민철이 미처 보지 못한 곳도 전부 도안이 커버를 해준다.

두 사람의 콤비는 예상외로 잘 어울리고 있었다.

덕분에 괴로운 쪽은 강경파다.

"레이너 슈발츠를 환생시킨 건… 큰 실수였소."

의장의 말을 부정할 수는 없다.

실제로 거의 성공할 뻔한 작전도 사실 몇 번 있었다.

그러나 그럴 때마다 초를 친 것도 바로 도안이다.

결국…….

이대로 가면 민철을 죽일 수 없다.

"안 되겠습니다."

참다못한 강경파 몇몇이 의장에게 강력히 제안한다.

"소문이 더 퍼지기 전에… 놈을 죽입시다."

"하지만……."

"이미 저지른 일입니다. 더 이상 발을 뺄 수도 없는 노릇 아닙니까!!"

몇몇의 선동과 더불어 자신들의 만행이 신들에게 들통날 지도 모른다는 불안감이 다른 강경파 인원들의 마음을 움직이게 만든다.

"의장님, 그의 말이 맞습니다. 이럴 때일수록 힘을 모아야 하지 않겠습니까."

"우리들이 직접 나서야 하오."

"이미 여기 있는 모두는 그 이민철이라는 자에 의해 미운 털이 박히게 되었습니다. 신과의 만남에서 우리를 폄하할 게 분명합니다. 영원히 신의 자리에 앉지 못하게 될 수도 있습니다. 그렇다면 차라리… 녀석을 죽이는 게 더 좋을지도 모르지요."

"……."

다수 의견에 어쩔 수 없이 의장 또한 강경파에 속해 있는 이들과 같은 배를 타기로 결심한다.

"…최대한 빠르고 은밀하게 수행해야 할 것이오."

"예!!"

벌써부터 사기가 등등해진 강경파.

결국은 극단적인 선택을 내리게 된다.

*   *   *

민철의 승진은 일사천리로 진행되고 있었다.

서진구의 도움을 받아 회사 인수인계를 받기 위해 힘을 기울이는 한편, 적대적인 세력으로 군림했었던 남우진도 최근에는 이민철이라는 중간 다리를 두고 한경배 회장과 서진구, 두 사람과 그간의 오해와 쌓였던 감정을 풀어가는 중이다.

"그래… 자네와 이렇게 술잔을 기울이는 것이 얼마 만인가."

한경배 회장의 저택 안.

소파 위에 앉은 채 술잔을 기울이던 한경배 회장이 그간의 회포를 풀듯 묻는다.

맞은편에서 서진구와 함께 나란히 앉은 남우진이 쓴웃음을 짓는다.

"글쎄요… 하지만 한 가지 확실한 것은 분명 그 기간이 적지 않았다는 겁니다."

"그래도 뒤늦게나마 이렇게 자네와 화해를 할 수 있어서 다행이군."

"서로 추구하는 점이 달랐을 뿐이지, 저는 한경배 회장님을 싫어하거나 하지 않습니다."

"허허… 물론 나도 마찬가지야."

3명을 제외하고 그 옆쪽에는 한예지를 비롯해 남성진, 그리고 민철 역시 젊은 사람들끼리 자리를 잡아 이들과 같이 술자리를 벌이고 있었다.

한경배 회장과 남우진, 두 사람이 그간의 갈등을 딛고 일어서는 순간이다.

중요한 자리인 만큼 함께하는 이들이 많으면 많을수록 더더욱 좋지 아니한가.

남성진 역시 민철과 같이 청진그룹을 이끌어가기로 협력을 약속한 사이다.

더 이상 이곳에 적군은 없다.

하지만…….

술잔을 내려놓은 민철이 자리에서 일어서자, 예지가 의구심을 표한다.

"어디 가시려고요?"

"네. 잠깐 바깥에서 바람 좀 쐬고 오겠습니다. 술을 좀 과하게 마신 거 같아서요."

"부축할 사람을 불러 드릴까요? 머리가 너무 아프다 싶으시면 방을 따로 마련해 드릴 테니 그곳에서 잠시 쉬시는 편이⋯⋯."

"괜찮습니다. 잠깐이면 괜찮습니다."

두 사람의 대화를 듣던 남성진이 옅은 미소를 지으면서 말한다.

"민철 씨는 이런 걸로 길거리에서 토하거나 술주정을 부리거나 하지 않습니다. 너무 걱정 안 하셔도 됩니다."

"하긴⋯ 그러고 보니 민철 씨는 예전부터 회식 자리에 있을 때마다 술주정을 부린 적이 없으셨었죠."

"하하하⋯⋯."

두 사람의 말대로다.

성진의 경우에는 동기였기 때문에 민철과 함께 술잔을 몇번 기울여 본 경험이 있다.

예지는 같은 총괄기획부 사무실에서 일을 할 때 민철이 술자리에서 어떤 행동을 보여왔는지 잘 기억한다.

그는 한 번도 꼬장을 부리거나 하지 않았다.

심지어 술에 취한 모습조차 보였던 적도 없다.

그런 민철이 고작 몇 잔의 술 때문에 주정을 부리진 않을 것이다.

별다른 걱정을 하지 않기로 결심한 예지와 성진이 먼저 민철을 순순히 보낸다.

자리를 빠져나온 민철.

한경배 회장의 저택 마당으로 나오자마자, 그대로 두 다리에 마력을 실어 공중으로 도약한다.

파박!!

순식간에 한경배 회장의 저택을 벗어난 민철이 근처의 공터를 찾는다.

어두운 밤하늘인지라 그가 공중을 도약해 움직이는 장면을 다른 사람들이 쉽사리 목격하긴 힘들 것이다.

쿠웅!!

그대로 민가와 떨어져 있는 공터에 자리를 잡은 뒤에 깊은 한숨을 내쉰다.

"아까부터 그 째려보는 시선이 상당히 거슬리던데… 그냥 마음 편히 나오지그래? 어차피 이 근처에는 보는 사람도 없고… 그리고 설사 있다 하더라도 너희는 시간을 일시적으로 멈출 수 있는 능력이 있지 않은가."

민철의 말이 끝나자마자.

우우웅!!

공기가 진동한다.

그와 더불어 형형색색의 색으로 물들어 있던 세계가 흑백의 단조로운 색으로 치장된다.

오랜만에 겪는 이 현상…….

민철은 이 흑백의 세계에 대해 너무나도 잘 알고 있다.

고차원적 존재가 민철과 만날 당시, 일시적으로 시간을 멈출 때 나타나는 현상이다.

한경배 회장과의 술자리를 가지기 위해 이곳으로 자리를 이동했을 당시.

이미 민철은 자신을 노리는 다수의 살기를 포착한 상태였다.

그의 말에 반응하듯 나타난 고차원적 존재.

다수가 아닌 하나로 보인다.

"아직까지 용케도 살아 있구나… 인간이여."

"당연하지. 아니면 설마… 그 어설픈 실력으로 정말 나를 자연사로 몰아넣으려 했었나?"

"어설픈 실력이라… 하긴, 지켜보는 눈이 워낙 많았기 때문에 어쩔 수 없었지."

"그런 걸 인간계에서 사용하는 단어로 표현하자면 '핑계'

라고 하는 거다.”

“…….”

고차원적 존재와 마주했음에도 불구하고 민철은 한 마디도 지지 않으려는 듯이 그의 말을 받아친다.

무슨 배짱일까.

민철의 실력으로 고차원적 존재를 이길 수 있는 방법은 없다.

비록 다른 고차원적 존재들, 그리고 신이 강경파의 이런 수단을 눈치챌 우려가 있어서 혼자만 이렇게 몰래 인간계에 강림하게 되었지만…….

민철을 죽이는 데에 큰 문제는 없다.

“진작부터 우리의 음모를 알고 있었다면… 얌전히 죽어라, 인간.”

고차원적 존재가 손을 뻗으려고 하는 순간.

“섣불리 움직이지 말라고, 나르시엘.”

“……!!”

일순간, 고차원적 존재의 행동이 멈춘다.

외부적인 요소에 의해서 행동이 정지한 게 아니다.

민철이 고차원적 존재의 이름을 알고 있다는 것에 놀랐기 때문이다.

“어떻게 그 이름을 알고 있는 거지?”

"강경파 내부에서도 상당히 호전적인 성격을 지니고 있는 자라 하더군."

"…그 정보를 어디서 들었는지 묻고 있다, 인간."

"그냥 아는 연줄로."

끝까지 나르시엘을 향해 도발을 펼친다.

그는 고차원적 존재 내부적으로도 강한 힘을 지니고 있지만, 동시에 급한 성격을 지닌 타입의 존재다.

고차원적 존재도 인간과 마찬가지로 각각 개성이라는 것이 존재한다.

아직 신의 자리에 올라서기 전이기 때문에 이들 역시 인간과 같이 불완전한 존재에 가깝다 할 수 있다.

"인간을 하등 생물 취급하지만, 결국 너희 역시 똑같은 불완전한 존재 아닌가. 같은 불완전한 존재끼리 친하게 잘 지내보자고."

"…인간 주제에 감히……!!!"

고차원적 존재의 손끝에서 머리 크기만 한 구체가 형성된다.

그리고 형성된 구체가 주변의 공간을 일그러뜨리면서 민철을 향해 빠르게 쏘아진다.

그 순간.

슈우웅!!

매섭게 날아오는 다수의 작은 화염 줄기들이 고차원적 존재가 쏘아 보낸 구체를 막아서듯 부딪친다.

콰과광!!

엄청난 굉음이 사방에 울려 퍼진다.

그러나 시간이 정지되어 있는 세계이기 때문에 이 소란을 눈치챌 수 있는 인간은 아마 거의 없을 것이다.

그럼에도 불구하고 민철이 아닌 제3자가 고차원적 존재의 공격을 막아선 것이다.

"9클래스 마법… 설마…….."

나르시엘의 눈빛에 강한 이채가 어리기 시작한다.

민철은 9클래스 마법을 사용하지 못한다.

하지만 난데없이 인간이 구사할 수 있는 마법 중 거의 최상급의 공격 마법이 민철을 보호하듯 날아들었다.

그의 아군에 붙어선 인물 중 9클래스 마법을 구사할 수 있는 인물이 한 명 있다.

"레이너 슈발츠……!!"

순식간에 민철의 옆에 모습을 드러낸 도안.

그를 향해 나르시엘이 강한 분노를 드러낸다.

도안의 등장은 이미 예상을 했던 일이다.

그러나 나르시엘의 입장에서 이해가 되지 않는 게 하나 있었다.

나르시엘은 민철을 제외하고 인간계의 시간을 정지시켰다.

도안 역시 시간이 정지한 세계의 영향력 아래에 놓여야 할 터.

그럼에도 불구하고 도안은 나르시엘의 시간 정지의 통제를 받지 않고 있다.

도안이 무슨 방법을 사용했는지에 대해서는 쉽사리 판단할 수 없다.

하지만 중요한 건 그게 아니다.

민철의 목숨을 빠르게 제거하고 난 뒤에 가급적이면 흔적을 남기지 않고 퇴각을 해야 할 상황에서 방해자가 나타나 버렸다.

이건 나르시엘의 계산에 벗어난 사고다.

그러나 아무렴 어떠랴.

제아무리 9클래스 마법을 구사한다 하더라도, 결국은 인간이 사용하는 마법에 불과하다.

그거라면 나르시엘에게는 흠집조차 낼 수 없다.

물론 민철을 제거하는 데에 시간이 좀 걸릴지도 모른다.

하나 민철을 죽인다는 것에 대한 결과는 벗어나지 않는다.

"그렇게 죽고 싶다면… 네 녀석도 이민철과 같이 죽여주마!!"

나르시엘의 모습에서 다량의 빛이 뿜어져 나온다.

그의 행동을 주시하던 도안이 짧은 탄식을 자아낸다.

"마나의 움직임이 전혀 느껴지지 않아… 마법과는 별개의 힘인 거 같군."

"당연한 소리를 하는구나, 레이너 슈발츠. 너희 하등 생물이 사용하는 마법을 우리도 같이 사용한다 생각하지 마라!"

나르시엘은 자신이 고차원적 존재라는 점에 대한 자부심이 대단하다.

그런 점에서 보자면 추화연의 경우는 상당히 예외적이라할 수 있다.

그녀는 자신에게 득이 된다면 이들이 하등 생물이라 칭하는 인간으로 둔갑하는 것도, 그리고 마법을 사용하는 것도 전혀 거리끼지 않는다.

'추화연이 상당히 개방적인 축에 속하는 부류였나 보군.'

다른 고차원적 존재와 거의 마주할 일이 없었기에 민철의 머릿속에선 절로 추화연과 나르시엘을 비교해 평가할 수밖에 없었다.

다른 고차원적 존재들도 나르시엘과 비슷한 사고방식을 가지고 있다면…….

'추화연과 동맹을 맺길 잘했군.'

민철은 얼마 전, 그녀에게 한 가지 제안을 했다.

비밀 동맹.

그 누구에게도⋯ 심지어 추화연의 세력에 포함되어 있는 고차원적 존재들에게도 비밀로 해야 할 작전이다.

민철 혼자서 이룰 수 없는 작전이기에 그는 화연에게 동맹을 제안했다.

결론부터 말하자면⋯⋯.

그녀는 민철의 동맹 제안을 수락했다.

살짝 돌아가는 방법이긴 하지만, 만약 민철에 제안한 작전이 제대로 먹혀들어 간다면 추화연은 신의 자리에 오를 수 있을 것이다.

사실 당시, 추화연도 많은 고민을 하고 있었다.

그녀와 같은 세력에 포함되어 있는 고차원적 존재들.

그들은 추화연과 아군이면서 동시에 신의 자리를 노리는 라이벌이기도 하다.

지금은 비록 눈앞에 있는 나르시엘을 포함해 강경파라는 적대적인 세력 때문에 힘을 합치고 있지만, 결국 모두가 다 신의 자리를 탐내고 있다.

신의 자리는 단 하나.

그리고 그 자리에 오를 수 있는 고차원적 존재 역시 단 한 명뿐이다.

그렇다면⋯⋯.

시간이 좀 더 걸린다 하더라도 보다 확실하게 신의 자리를 확보받을 수 있는 작전이 있다면, 화연은 그 작전에 동의를 할 것이다.

여기까지가 민철의 생각이었다.

제안을 받아들이고 말고는 화연의 결정 사항이다.

하지만……

이미 답은 나와 있었다.

화연은 그와 손을 잡았다.

그리고 그 작전을 시행하기 위한 첫 번째 단계가 곧 펼쳐질 것이다.

"죽어라, 인간들이여!!"

매섭게 몰아치는 나르시엘의 힘.

순간적으로 도안이 마력을 개방한다.

민철 역시 그와 마찬가지로 자신이 구사할 수 있는 최고의 마법을 시전하기 시작한다.

그러나 도안은 불안하기 그지없는 표정을 보인다.

"레이폰!! 정말 네 말을 믿어도 되는 건가!!"

이대로 계속 시간이 흘러가게 되면 결국 두 사람은 나르시엘에 의해 죽임을 당할 것이다.

그러나 민철은 죽음의 위기를 앞두고 있음에도 불구하고 차분한 표정으로 대답해 준다.

"작전은… 성공할 거다."

그에겐 믿는 구석이 있다.

조금만 더…….

이번 위기만 잘 넘긴다면…….

민철은 신과 만날 자격을 얻게 될 것이다.

다급하게 손을 뻗은 도안이 빠르게 마법을 시전한다.

"마나 실드!!"

푸른빛을 띤 마나의 장벽이 이들 앞에 형성된다.

9클래스 마법을 발동시키며 만들어낸 마나 장벽이지만, 나르시엘 앞에선 과연 얼마나 버틸 수 있을지 잘 모른다.

지금 당장에라도 박살이 날 것 같은 도안의 마법 장벽.

"…레이폰. 네가 무슨 작전을 세우고 있는지 잘 모르겠지만… 지금 당장 실행해야 할 거 같은데……!!"

도안의 팔이 떨려오기 시작한다.

그도 그럴 것이, 애초에 마법이 아닌 고차원적 존재의 힘을 막아내는 데 얼마나 많은 힘을 쏟아내야 하는 건가.

"그렇게 재촉 안 해도 머지않아 올 거다."

"…뭐가 온다는 건데……!"

도안이 들은 작전 내용은 단 하나다.

민철과 같이 고차원적 존재와 맞서 싸워라.

물론 이길 생각을 하진 말고, 생존을 최대한 우선시하라는 레이폰의 말이 있었다.

그 이상의 작전을 들은 적은 없다.

도안에게까지 자신의 작전을 알린다면, 나르시엘에게 발각될 가능성이 컸기 때문이다.

최대한 은밀하게.

아슬아슬한 임계점까지 나르시엘을 끌어들인다!

"어리석은 것들… 마법 따위로 날 막을 수 있을 거라 생각했는가!!"

나르시엘의 힘이 더욱 강대해진다.

고차원적 존재가 발산하는 힘과 도안의 9클래스 마법이 충돌한다.

그 와중에 민철의 시선이 끝까지 나르시엘을 응시한다.

이윽고…….

"…이제 슬슬 나와도 될 거 같지 않느냐, 셰리드엘!!"

도안과 함께 고차원적 존재를 막아서던 민철이 목소리를 높인다.

그의 입에서 대뜸 튀어나온 하나의 이름.

"셰리드… 엘이라고?!"

나르시엘의 목소리에 떨림이 느껴온다.

그 또한 잘 알고 있는 이름이다.

어찌 모르겠는가.

강경파에 속해 있는 나르시엘과 적대적인 관계를 유지하고 있는 자.

그 고차원적 존재가 바로 셰리드엘이다.

번쩍이는 빛의 발현과 함께 순식간에 흑백의 세계가 다시 원래의 색을 찾기 시작한다.

나르시엘이 걸었던 시간 정지 결계가 해제된 것이다.

"셰리드엘… 네가 어째서 여기에……!!"

나르시엘의 목소리에 분노가 느껴진다.

하지만 이 상황에서 나르시엘은 셰리드엘에게 언성을 높일 만한 자격이 없다.

셰리드엘이 이곳에 강림한 이유를 나르시엘도 잘 알고 있기 때문이다.

"내가 온 이유를 굳이 말로 설명해야 해?"

"……."

나르시엘과 마찬가지로 반투명한 모습을 유지하고 있는 셰리드엘.

제대로 보이지 않는 두 존재의 이야기 속에서 도안은 멍한 표정을 지을 수밖에 없었다.

그러나 민철은 이 만남을 이미 알고 있었다는 듯이 비교적 여유가 있는 얼굴로 도안의 어깨를 작게 토닥여 준다.

"이제 한숨 놓아도 된다."

"도대체 이게 어찌 된 일인지……."

"셰리드엘… 우리의 아군이지. 그렇게만 알아두면 된다."

"……."

셰리드엘은 민철과도 아주 밀접한 관련을 지니고 있는 고차원적 존재다.

그녀가 지닌 또 다른 이름…….

추화연.

그녀가 곧… 셰리드엘이다.

갑작스럽게 모습을 드러낸 도안.

그리고 셰리드엘까지.

마치… 나르시엘이 민철을 암살하는 모습을 포착할 때까지 기다리고 있다가 본격적으로 암살 실행에 옮기는 순간, 그때를 노려 일부러 모습을 드러낸 것 같다.

"설마… 함정을 판 건가……!"

나르시엘이 작은 탄식을 자아낸다.

그는 인간보다 월등한 우월 생명체다.

그런 나르시엘이 민철의 함정을 눈치채지만… 이제 와서 알아차리는 것은 너무 늦었다.

도안은 시간 정지 결계의 영향을 받지 않았다.

그것만 놓고 봐도 충분히 예상 가능한 일이었다.

게다가 민철이 자신의 본명을 알고 있었다는 것.

그건 분명 셰리드엘이 민철한테 사전에 정보를 넘겨줬다는 것을 의미한다.

결국…….

이 모든 것은 민철과 셰리드엘, 두 명이 벌인 함정이다.

"셰리드엘… 네가 레이너 슈발츠에게 뭔가 조치를 취했군!!"

"맞아. 하지만 그게 무슨 소용이야? 이미 너를 포함해 강경파가 행하려 하던 불순한 행동들이 전부 천상계에 드러났는데."

"뭣……?!"

셰리드엘의 말과 동시에 갑작스럽게 여기저기서 공간이 일그러진다.

차원의 틈에서 모습을 드러내는 다수의 고차원적 존재들.

그들의 시선은 오로지 나르시엘을 향하고 있었다.

"동족이여."

"신께서 주관하신 일을… 멋대로 망치려 하는 건가."

"그 죄, 신께서 직접 심판하시겠다고 말씀하셨다. 무의미한 저항은 말라."

"……!!"

이미 수많은 동족들이 자신을 에워싸고 있다.

그 한가운데에서 이 모든 일들을 꾸민 민철은 그저 입가에 진한 미소를 새긴 채 나르시엘을 바라본다.

"안타깝군, 나르시엘. 나를 암살하려던 생각은 좋았으나… 너무 물러 터졌어."

"이민철!!"

나르시엘의 절규가 공중을 가른다.

하나 주변의 고차원적 존재들이 그를 강제로 천상계에 데려가기 시작한다.

아무것도… 정말 아무것도 하지 못했다.

인간계에 직접 강림해 민철의 목을 비트는 것만 하면 될 터였는데…….

암살은 결국… 실패로 돌아가게 되었다.

*　　　*　　　*

나르시엘을 비롯해 강경파 인원들은 신들에게 강력한 문책과 페널티를 받게 되었다.

그와 동시에 추화연… 아니, 셰리드엘이 속해 있는 세력들은 동시에 강력한 라이벌 후보들을 물리치게 되었다.

민철도 더 이상 강경파로부터 목숨을 위협받을 일이 없게 되었으니… 이거야말로 일거양득(一擧兩得) 아니겠는가.

이렇게 해서 민철은 안전을 보장받게 되었고, 덩달아 예상치 못한 이별과 마주하게 되었다.

"나르시엘 사건 때문에 네가 신과의 만남을 성사하기 전까지 고차원적 존재들인 우리가 아닌 신이 직접 너에 관한 일에 관여하기로 했어. 그래서 나도 더 이상 인간의 모습으로 둔갑해 네 곁에 있기는 힘들어질 거 같아. 괜히 내가 인간으로 둔갑한 사실까지 알려지게 되면 곤란하니까."

추화연의 이런 말은 민철도 이미 나르시엘을 포함해 강경파를 함정에 빠뜨리고자 계책을 짤 때부터 이미 염두에 두고 있던 것들이었다.

야밤에… 그것도 화연의 집 앞에서 이런 이야기를 한다는 게 어찌 보면 이상하게 느껴질지도 모른다.

그러나 이런 중요한 이야기를 회사 내에서 할 수는 없지 않겠는가.

"도안의 10클래스 수업 같은 경우에는, 이미 그와 합의를 다 봐뒀으니까 걱정 안 해도 돼."

"어떤 식으로 합의를 본 거지?"

"다수의 서적들을 전달해 주고 왔어. 보통 마법사들은 그 책들을 읽는다 하더라도 10클래스 마법에 대한 힌트조차 잡지 못할 테지만, 레이너 슈발츠라면 어렵지 않게 10클래스에 도달하겠지."

"그렇군."

"그자가 10클래스에 도달한다 하더라도 더 이상 네가 목숨을 위협받는 일은 없을 거야. 설령 레이너 슈발츠가 변심해 너를 죽이려 한다 해도… 말했지? 이번 일은 신이 직접 관여한다는 것을."

신은 이미 레이너 슈발츠의 존재까지 전부 다 알게 되었다.

그러나 환생을 시킨 그를 다시 레디너스 대륙으로 돌려보낼 수도 없다.

왜냐하면 이미 그곳에서 그는 죽음을 맞이했으니까.

그렇다고 도안이란 인간을 다시 죽일 수도 없는 노릇이니… 어쩔 수 없이 그의 처분은 '보류'로 남게 되었다.

만약 화연의 말대로 도안이 변심해 민철을 죽이려 한다면, 신이 직접 나서서 그를 보호해 줄 것이다.

더 이상 복잡한 작전을 짤 이유도 없어진 셈이다.

민철의 입장에선 더할 나위 없이 좋은 환경이 갖춰지게 되었다.

"아무쪼록 네가 무사히 회장 자리에 올라서 신과의 만남을 가지게 되었으면 좋겠어. 그리고… 우리의 비밀 동맹도 잊지 말고."

"알고 있어."

민철과 화연이 서로 마주 손을 잡는다.

처음에는 다소 민철의 마음에 들지 않는 점도 있었다.

그러나 화연이… 셰리드엘이 있었기 때문에 여기까지 오게 된 건 부정할 수 없다.

"다음에 만날 때에는 천상계가 되겠네?"

어깨를 살짝 올리는 제스처를 취해보는 추화연.

그녀의 말대로다.

"아무래도 그렇겠지."

"그럼 그때 보자고. 바이바이."

별다른 미련이 남지 않는 인사.

마지막까지 추화연답다.

그녀의 모습이 반투명하게 사라지면서 존재의 흔적을 지워 버린다.

아마 도안과 민철을 제외한 모든 인간의 머릿속에는 추화연이란 존재에 관한 기억이 전부 소멸되었을 것이다.

이것으로…….

이제 정말 민철의 앞을 가로막는 장애물들은 전부 없어지게 되었다.

*　　　*　　　*

추화연이 모습을 감춘 이후.

민철은 급속도로 성장을 거듭해 가고 있었다.

이사와 상무, 전무를 거쳐 부회장의 자리까지.

그간 민철에게는 많은 일들이 벌어졌다.

체린은 첫째 아이인 아들과 둘째 아이인 귀여운 딸까지 무사히 출산을 마치게 되었다.

1남 1녀를 슬하에 두게 된 민철은 뒤이어 상오그룹과 청진그룹의 합병을 준비하기 위한 작업을 서두른다.

그가 회장직에 오르게 된다면, 곧바로 상오그룹은 청진그룹에 편승될 것이다.

민철의 1인 체제를 굳히기 위한 일종의 수단이기도 하다.

상오그룹 인원들 역시 글로벌 대기업인 청진그룹의 사원이 될 수 있다는 생각에 그다지 많은 반감을 가지진 않았다.

그중에서도 유독 문득 미묘한 감정을 느끼는 사람이 한 명 있었다.

바로 민철의 상관이기도 했던 황고수였다.

"설마 내가 다시 청진그룹으로 돌아가게 될 줄이야……."

황고수의 입가에 쓴웃음이 번진다.

젊은 부회장, 이민철의 아래에 청진그룹과 상오그룹은 서서히 통합을 위한 준비를 마쳐 가고 있었다.

이미 최서인 기자를 통해서 공식적인 언론에도 그 의사가 내비쳐진 지 오래다.

덕분에 황고수 부장은 청진그룹으로 다시 자리를 옮기게
되었다.

그는 외식업계 관련 계열 레이블을 도맡은 업무를 수행하
게 될 것이다.

"다시 오시게 되니 기분이 어떠십니까? 황 부장님… 아니,
황고수 전무님."

"글쎄……."

민철의 질문에 황고수는 제대로 된 대답을 줄 수가 없었다.

그 역시 청진그룹과 상오그룹, 두 회사에서 지대한 공을 세
웠던 인물인 만큼 그 공로를 인정받아 전무라는 자리를 꿰차
게 되었다.

"그래도 주어진 일에 최선을 다하는 수밖에 없겠지."

"역시 황 전무님답습니다."

민철의 입가에 절로 만족스러운 미소가 번진다.

*　　*　　*

시간이 지나 몇 달 뒤.

이제 몇 시간 후면…….

이민철 회장의 취임식이 거행된다.

이미 청진그룹 내부에선 취임식을 준비하기 위해 여기저

기서 정신없이 움직이고 있다.

한편.

사무실에서 조용히 의자에 몸을 묻은 채 생각에 잠기는 민철.

건강상의 문제로 참석하지 못한 한경배 회장을 대신해 참가하게 된 한예지와 회장 대리직을 맡고 있던 서진구, 서울시장으로 당선된 이한선을 비롯해 강오선, 그리고 상오그룹의 이승부 등 정치, 경제 분야를 막론한 인사들이 민철의 취임식을 축하해 주기 위해 자리를 잡고 있다.

강단 위로 모습을 드러내는 민철.

그를 향해 수많은 사람들이 박수갈채를 보낸다.

마이크 앞에선 민철이 자신의 포부를 드러내기 시작한다.

"오늘, 이 자리를 빛내주신 여러분들에게 진심으로 감사하다는 말을 전합니다. 아울러, 한경배 회장님의 뜻을 이어받아 청진그룹의 위상을 높임과 동시에 세계 경제에 이바지하는 기업의 모범 사례가 될 수 있도록 노력하고자 합니다. 그러기 위해서는 여러분들의 도움이 필요합니다. 앞으로 저, 청진그룹의 2대 회장직을 맡게 된 이민철과 함께해 주시기 바랍니다."

그의 말과 함께 우레와 같은 박수가 쏟아진다.

직접 모습을 드러내진 않고 있지만, 아마 민철의 이 모습을 신 또한 지켜보고 있을 것이다.

민철은 내기에서 당당하게 승리를 거머쥐게 되었다.

이제⋯⋯.

신과의 만남만이 남았을 뿐이다.

제9장

끝과 시작

이민철. 그가 처음 회장직으로 취임한 뒤 얼마 지나지 않아 한경배 전(前) 회장은 세상을 떠나게 되었다.

그간 건강상으로 많은 문제를 보여왔던 한경배 전 회장이었기에 친족인 한예지를 비롯해 서진구, 남우진 등 지인들은 암묵적으로 그의 죽음을 담담하게 받아들일 준비를 하고 있었다.

한경배 전 회장이 세상을 떠난 뒤.

서진구는 본격적으로 민철에게 청진그룹의 모든 권한을 일임해 주고 다시 보육원 운영을 위해 회사를 떠나게 되었다.

한예지의 경우에는 남우진과 함께 젊은 사장, 이민철을 돕기 위해 다시 회사에 복귀를 하게 되었다.

비록 경영이라든지 이런 점에 있어선 한경배 전 회장의 어깨너머에서 본 것과 총괄기획부에 소속되어 일을 했던 경력이 전부였기에 적응을 하는 시기가 좀 길긴 했다.

그러나 그 빈자리를 남우진이 잘 채워줬다.

전적으로 민철의 아군을 선언하고 그의 편이 되어준 남우진은 민철에게 있어서 누구보다도 든든한 후원자가 되어줬다.

게다가 청진전자의 힘은 그룹 내에서도 상당한 영향력을 미치고 있다.

그래서 남우진의 협력은 이민철 회장 체제를 갖추는 데에 커다란 도움을 줬다.

물론 민철 역시 그에 따라 남우진에 섭섭하지 않은 대우를 함으로써 서로 돕고 돕는 협력 체계를 유지해 갔다.

남성진 역시 남우진을 따라 민철에게 많은 도움을 선사해 주게 되었다.

그의 능력은 이민철 다음가기로 정평이 나 있었기 때문에 곳곳에서 많은 활약상을 펼치게 된다.

뿐만 아니라 상오그룹과의 M&A를 통해 청진그룹이 유일하게 달성하지 못한 외식 쪽 사업 분야에서도 활발한 활동을 선보일 수 있게 되었다.

한식계에 널리 이름을 떨치고 있는 또 다른 브랜드, 도원궁과 협력 체계를 갖추며 전 세계에 한식 문화를 널리 펼치는 데에 이바지를 하게 되었던 것이다.

이승부는 상오그룹의 명예 회장직을 차지하고 있다가 정식으로 사업 전선에서 물러나 취미 삼아 자신만의 도장을 운영하기로 결정을 내렸다.

체린은 민철을 돕기 위해 회사에 남기로 했지만, 상오그룹 때와는 다르게 많은 일을 도맡진 않는다.

민철이 체린의 업무를 대다수 가져가 버렸기 때문이다.

황고수는 민철의 바로 아래에 자리를 잡아 그와 함께 청진그룹을 이끌어가고자 합류를 하게 되었다.

승진을 거듭 중인 구인성 전무가 이끄는 총괄기획부는 나날이 그 영향력을 더하고 있는 중이다.

김대민을 비롯한 민철의 동기들 역시 종횡무진 활약하며 청진그룹을 이끌어가게 된다.

한편, 정계 쪽에서는 이한선이 대통령에 당선됨에 따라 민철의 물밑 작업도 더더욱 활기를 띠어가고 있었다.

서울 시장을 맡았던 그는 역대 서울 시장을 역임한 인물 중 가장 높은 지지율을 받으며 국민들의 박수와 함께 시장의 자리에서 내려오게 되었다.

그 뒤로 대통령의 자리를 차지하는 데까지 별다른 어려움 없이 성공 가도를 달려가게 된다.

그의 인품도 크게 한몫을 하긴 했지만, 민철과 강오선의 뒷공작 역시 무시하지 못할 만한 공을 세웠다.

청진그룹은 경제 쪽만이 아닌, 정계 쪽에서도 무시 못 할 영향력을 차지해 가고 있었다.

그러던 와중에 충격적인 사건이 발생했다. 도안이 결국 10클래스 마법을 달성하는 데에 성공했지만, 머지않아 젊은 나이에 목숨을 잃게 된 것이다.

사망 원인은 과로라고 하지만… 민철은 속으로 그에 대한 이의를 제기할 수밖에 없었다.

천상계에서 혹시나 무슨 손을 쓴 게 아닐까 하고 말이다.

하지만 증거가 없다.

그리고 안다 하더라도 민철이 손을 쓸 방법은 없다.

제아무리 화술의 달인이라 하더라도 죽은 사람을 살려내진 못한다.

여하튼 민철은 결국 자본주의의 정점에 도달했고, 아무도 그의 성과에 대해 이견을 달지 못한다.

결국 민철이 낯선 세계로 소환되었을 당시에 내건 내기 조건을 완벽하게 클리어하는 데에 성공한다.

그리고 많은 시간이 흐르게 되는데……

　　　　＊　　　＊　　　＊

　청진그룹 2대 회장직을 맡았던 민철은 40여 년간의 회장직
을 내려놓고, 그의 아들에게 3대 회장직을 물려주게 된다.

　이미 그와 함께 한 시대를 풍미한 몇몇의 인재들은 그보다
먼저 세상을 떠났다.

　민철 역시 기력이 다한 몸을 이끌고 현재는 귀농을 해 한가
로운 시골 생활을 즐기고 있었다.

　이 세계로 소환되고 난 이후 자연 환경을 많이 그리워하던
민철.

　날이 갈수록 문명은 발달하고, 그에 따라 자연 경관도 찾아
보기 힘들게 되었다.

　그래서 민철에게 있어 더더욱 시골 생활은 소중한 삶의 일
부로 자리매김했다.

　"……."

　한가로이 강에서 낚시를 즐기고 있던 민철이 밀짚모자를
슬며시 들추며 하늘을 바라본다.

　이미 그의 나이, 90에 가까워졌다.

　과학이 발달하면서 평균 수명이 늘어났다고는 하나, 그렇
다고 90대의 노인이 20대의 몸 상태를 유지할 수 있을 정도의

수준까지는 아니다.

그의 얼굴에도 이제는 주름이 져 있다.

자식들은 민철이 키워놓은 청진그룹을 별다른 어려움 없이 잘 이끌어가고 있다.

어렸을 때부터 체린이 착실하게 가정교육을 시킨 효과를 톡톡히 보게 된 셈이다.

체린은 민철보다 한발 먼저 세상을 떠났다.

이제는 홀로 남게 된 민철.

자식들이 그를 모시고 살겠다는 의사를 수십 번 내비쳐 왔지만, 민철은 계속해서 이들의 제안을 물리쳐 왔다.

민철이 괜한 고집을 부리는 거라고 생각할지도 모른다.

하지만.

결코 쓸데없는 고집을 부리는 게 아니다.

"……."

낚싯대를 들어 올리지만, 물고기는 낚이지 않는다.

주변에서 민철의 낚시하는 모습을 지켜보던 한 젊은 여성이 조심스럽게 그에게 다가온다.

"할아버지, 물고기 많이 잡으셨어요?"

"……."

"많이 못 잡으셨나요? 하긴… 이쪽 강변은 낚시터로는 별로 좋지 않다고 하더라고요."

시골 변두리에 젊은 여자는 상당히 보기 힘든 존재다.

주말을 맞아 잠시 고향에 들른 건 아닐까 싶기도 하다.

그러나…….

"…언제까지 그 재미없는 콩트를 계속 이어갈 텐가, 셰리드엘."

민철의 낮은 목소리가 그녀의 귓가를 강타한다.

세월의 흔적이 느껴지는 목소리에 셰리드엘… 추화연이 빙그레 미소를 짓는다.

청진그룹에서 일할 당시, 추화연 그대로의 모습으로 민철의 앞에 다시 나타난 것이다.

"내가 네 앞에 나타날 거란 거… 이미 알고 있었지? 그래서 일부러 네 자식들의 제안을 거절해 온 거고."

"뻔한 걸 묻는군."

민철은 이미 화연이 조만간 자신에게 올 거란 사실을 눈치채고 있었다.

근거는 없다.

따로 약속한 시간과 장소도 없다.

그저 민철의 남은 수명이 그에게 마지막으로 속삭였을 뿐.

민철이 낚싯대를 내려놓자, 바구니 안을 바라보던 화연이 피식 웃음을 토한다.

"만능이라 불리는 천하의 레이폰도 낚시는 잘 못하는구나."

"…여전히 뭘 모르는군, 추화연."

그녀의 비아냥거림에도 불구하고 민철은 전혀 마음 상하지 않는 표정을 유지한다.

"네가 방금 말했다시피, 이곳 강변은 낚시터로 그다지 좋지 못한 평가를 받고 있는 곳이다. 그 이유는 물고기 숫자 자체가 부족하기 때문이지. 가뜩이나 없는 물고기를 잡으려고 노력하는 것보다, 점점 개체 수를 늘려가게끔 일부러 방치를 해두고 나중에 많은 물고기를 한꺼번에 취하는 것이 바로 '이득을 본다' 라는 거 아니겠나."

"흐음, 그래?"

"눈앞의 이익을 보지 마라. 더 큰 이득을 봐라. 내 말을 기억해 두는 게 좋을 거야."

"……."

민철은 결코 이 말을 허투루 하는 게 아니다.

몇십 년 전.

화연과 맺었던 비밀 동맹의 핵심을 그대로 압축한 말이다.

지금 이 순간도 신이 보고 있다.

화연은 그저 민철을 데리고 오기 위한 안내자 역할로 인간계에 소환되었을 뿐.

"그럼… 슬슬 가보도록 하지."

미련 없이 자리를 떠나 화연에게 다가간다.

그렇게 육신만을 남겨둔 채 세상을 떠나게 된 이민철.

전 세계의 경제 역사를 뒤흔든 거물의 죽음은 또 다른 시작을 예고하게 된다.

*　　　*　　　*

육신을 버린 뒤 천상계라는 곳으로 향하게 된 민철은 자신의 영체를 확인하게 된다.

이민철의 모습이 아닌, 젊었을 때의 레이폰 더 데스사이드의 외형을 지니고 있었다.

"이 모습도 참으로 오랜만이군."

"왜, 갑자기 그리워졌어?"

어두컴컴한 심연의 공간에서 그를 이끌며 앞서 날아가던 셰리드엘이 질문을 던진다.

그립다는 답변도 오답은 아니다.

이민철도, 그리고 레이폰 더 데스사이드도.

두 가지 형태의 인생이 모두 다 그에게는 소중한 기억으로 남아 있으니 말이다.

셰리드엘을 따라 빛의 출구를 나서자, 민철이 본능적으로 눈을 질끈 감는다.

밝은 빛.

무한의 공간에 펼쳐져 있는 순백의 색.

오로지 흰색만이 도배되어 있는 이 기이한 곳에 다수의 고차원적 존재들이 자리를 잡고 있었다.

그중에서 고차원적 존재들의 리더 격으로 보이는 자가 민철과 셰리드엘의 앞에 마주 선다.

"진실의 방에 온 것을 환영한다, 인간이여. 나는 신의 대변자를 맡고 있는 마르티시엘이라고 한다."

"…레이폰 더 데스사이드라고 합니다."

레이폰이 가볍게 고개를 숙이며 예를 갖춘다.

여기서 굳이 호기로운 태도를 보이며 고차원적 존재들에게 반감을 살 이유는 없다.

아니, 오히려 그런 상황은 반드시 경계해야 한다.

레이폰은 지금부터 큰일을 해낼 것이기 때문이다.

"신과의 만남은 이곳, 진실의 방에서 이뤄지게 될 것이다. 물론 만남의 시간을 가질 때에는 여기 있는 우리 모두는 진실의 방에서 모습을 감출 예정이다."

"그렇군요."

신과 단둘이 만날 수 있다.

이 정보에 관한 건 추화연이 민철과 같이 활동하던 시절에 전부 들었던 정보 중 하나다.

셰리드엘이 사전에 건네준 정보들 덕분에 레이폰은 그동

안 인간계에 머무르며 신과의 만남을 대비한 여러 가지 대처 방안들을 생각할 수 있었다.

그리고 오늘.

이 진실의 방에서 인간 레이폰 더 데스사이드의 최후 담판이 벌어질 예정이다.

"여기서 펼쳐지는 모든 대화 내용은 오로지 너와 신만이 공유하게 될 것이다. 네가 직접 다른 존재에게 털어놓지 않는 이상, 대화의 내용이 새어 나갈 일은 없을 터이니 걱정하지 말거라."

"알겠습니다."

이것 역시 셰리드엘로부터 미리 들은 정보와 같다.

그 밖에 기타 주의할 점은 딱히 없는 모양인지 마르티시엘이 주변의 고차원적 존재들에게 한 번씩 눈짓을 준다.

그와 동시에 차례차례 모습을 갖추기 시작하는 고차원적 존재들.

흰색 배경에 반투명한 존재들이라 그런지 더더욱 눈에 잘 보이지도 않는다.

마르티시엘과 셰리드엘, 그리고 레이폰 더 데스사이드.

이렇게 셋만이 남은 상황에서 마르티시엘이 셰리드엘에게 같이 자리를 비울 것을 명한다.

"신께서 오시고 계신다… 셰리드엘, 우리도 이만 슬슬 가도록 하자."

"예, 대변자이시여."

마르티시엘이 먼저 모습을 감춘다.

레이폰과 단둘이 남은 그 짧은 순간.

"우리의 약속을 잊지 마."

셰리드엘이 그에게 남긴 마지막 말이 레이폰의 귓가에 머문다.

두 존재가 모습을 감추자, 진실의 방이라 불리는 장소 한가운데의 공간이 크게 일그러진다.

아마 신의 출현을 예고하는 게 아닐까 싶다.

"…물론 잘 알고 있다, 셰리드엘."

레이폰도 기억하고 있다는 듯이 작게 속삭인다.

"이게… 인간으로서 내가 할 수 있는 최고의 협상이 될 거다."

에필로그

신의 강림.

모든 생명체가 전율하고, 모든 존재가 그를 경배한다.

그러나 민철의 눈에는 신이 잘 보이지 않았다.

그저 고차원적 존재들에 비해 덩치가 조금 더 크게 보일 뿐, 반투명한 존재로 인식되는 건 마찬가지다.

그러나 본능적으로 신이 자신의 앞에 강림했다는 걸 알아차린 민철이 한쪽 무릎을 꿇는다.

"신을 뵙게 되어 영광입니다. 저는 레이폰 더 데스사이드… 천상계에서 부여한 시험을 통과해 여기까지 오게 되었습니다."

"잘 알고 있다, 레이폰이여. 또 다른 세계에서 정점에 오르라는 내용의 내기였지."

"예, 그렇습니다."

"참으로 말도 안 되는 내기였지… 후후……."

"……."

먼저 신이란 자가 어떤 존재인지 파악해야 한다.

화술을 통하게 만들기 위한 가장 기본적인 전제 조건.

그것은 바로 상대방에게 적합한 말을 구사해야 한다는 것이다.

그러기 위해서 말을 들려줘야 할 상대가 어떤 취향인지, 어떤 타입인지, 그리고 어떤 스타일인지를 먼저 알아둘 필요가 있다.

셰리드엘에서 미리 접한 정보는 다음과 같았다.

모른다.

참으로 무신경한 답변이 아닐 수가 없다.

자신의 상관인데 어찌 모른다고 대답할 수 있겠는가.

그러나 거기에 대해선 셰리드엘도 할 말이 많았다.

애초에 고차원적 존재들 자체도 신을 영접할 기회 자체가 얼마 되지 않는다고 한다.

인간에 비해 다른 점이 있다고 한다면 신의 존재에 대해 명확하게 인지하고 있다는 점, 그리고 극소수이긴 하지만 그래도 만날 수 있는 기회가 몇 번 있다는 것.

그게 전부다.

마르티시엘이라면 그래도 눈앞의 이 신에 대한 정보를 어느 정도 갖고 있을지도 모른다.

신의 대변자이기 때문에 다른 고차원적 존재들에 비해 신과 그나마 자주 만났을 테니 말이다.

그러나 설사 마르티시엘이 신에 대해 자세히 알고 있다 하더라도 레이폰의 입장에서 마르티시엘에게 신의 정보를 얻어낼 건수가 전혀 없다.

접점도 없을뿐더러, 설령 마르티시엘과 친한 관계라 하더라도 대변자는 함부로 신에 관한 사항을 인간에게 말해주지 않기 때문이다.

어찌 되었든 결국 레이폰이 직접 이 진실의 방에서 가지는 대화의 장을 통해 실시간으로 신이란 자의 정보를 알아가야 한다는 것에 대해선 변함이 없다.

이 신은 레디너스, 그리고 민철이 살던 인간계까지 포함해 2개의 차원을 관리하는 신이라고 했다.

본래 신은 한 차원씩 관리를 하는 게 전통이지만, 갑작스럽게 레디너스를 관장하던 신이 직위 해제를 당한 탓에 공백이 생겨 버렸다.

그래서 졸지에 현 인간계를 담당하던 신이 레디너스가 존재하는 차원까지 관장을 하게 되었다.

공백이 되어버린 신의 자리.

그 자리를 차지하기 위해 고차원적 존재들은 지금 혈안이 되어 있다.

무리하게 자리를 노리다가 한 방에 나가떨어진 강경파도 있을 정도니… 고차원적 존재들이 신의 자리를 얼마나 갈망하는지 잘 알 수 있는 대목이 아닐까 싶다.

"우선 고차원적 존재들이 얼마나 인간계를 잘 다스렸는지, 한번 들어볼까?"

신의 이 말이 사실상 만남의 주된 목적이다.

물론 겉으로만 봤을 때의 이야기지만 말이다.

"문제없다고 생각합니다만… 군데군데 흠은 있습니다."

"고차원적 존재라 하더라도 불완전한 자들이니까."

"맞는 말씀입니다."

"그렇군."

잠시 말을 끊은 신이 레이폰을 내려다본다.

그 틈을 타 레이폰이 칼을 빼 들었다.

"신이시여. 따로 드릴 말씀이 있습니다만……."

"할 말이 있다고?"

"예 그렇습니다."

신은 군이 레이폰의 말을 내칠 이유는 딱히 없다고 판단했
는지 그에게 발언권을 허가한다.

"해보거라."

"감사합니다."

이 자리는 신이 레이폰의 소원을 들어주는 자리가 아니
다.

그래서 그는 보다 더 신중하게, 그리고 확실하게 자신이 생
각하던 노림수를 발설한다.

"신의 자리를 저에게 하사해 주신다면 감사하겠습니다."

"…방금… 뭐라고 했느냐?"

순간적으로 신의 목소리에 미묘한 떨림이 느껴진다.

설마 레이폰이 직접 신의 자리를 달라는 요청을 해올 줄은
몰랐기 때문이다.

"레디너스 대륙을 담당하는 신의 자리가 공백이 되었다고
들었습니다. 저는 그 자리에 들어가고 싶습니다."

"어허… 실현 불가능한 일이라는 걸 알고서 그런 말을 하
는 건가?"

"불가능한 일은 아니라고 생각합니다. 듣자 하니 신의 자
리는 투표로 정해지는 것도 아닌, 전임자의 지목으로써 후임
자를 내정한다고 들었습니다. 지금 현재 레디너스 대륙과 인
간계를 도맡고 있는 건 바로… 제 눈앞에 계신 분이 아니십

니까?"

"…셰리드엘에게 들은 건가?"

"예, 그렇습니다."

"흠……."

고차원적 존재들은 신의 말에 대항할 수 없다.

신은 절대적인 존재.

우열 관계를 확실히 가리는 고차원적 존재들이라면, 신의 결정에 반감을 가지긴 하겠지만 직접적으로 쉽사리 볼멘소리를 내진 못할 것이다.

레이폰은 바로 그것을 노리고 있다.

고차원적 존재들을 거치지 않고 곧장 신과의 만남을 통해 자신이 차기 신의 자리를 확보받는다.

하지만 설령 신이라도 신의 후보가 되기 위해 태어난 고차원적 존재들을 생각하지 않을 수가 없다.

그의 노림수에 말을 아끼는 신.

그 틈을 타 민철이 곧장 자신의 의견을 덧붙인다.

"고차원적 존재라 하더라도 결국은 불완전한 존재입니다. 그건 신께서 가장 잘 아실 터… 인간 역시 불완전한 존재입니다. 같은 불완전한 존재인데, 반드시 고차원적 존재에서만 신이 탄생하라는 법은 없지 않습니까?"

"고차원적 존재는 인간계를 다스리는 작업을 예로부터 해왔다. 그건 그들이 언제든지 신의 자리에 올라서도 그에 따른 업무를 제대로 처리할 수 있게끔 훈련을 해온 것과 마찬가지라 할 수 있지. 하지만 넌 그게 아니지 않느냐."

"비록 인간계를 전반적으로 다스린 경험은 없습니다만… 인간으로서 누구보다도 그들의 행태에 대해서 잘 알고 있다 자부합니다. 실제로 전 천상계에서 내린 시험을 통과했습니다. 인간계의 정점에 오른다… 전 이미 바닥부터 시작해서 인간들의 머리 위에 오른 특별한 존재입니다. 하지만 고차원적 존재는 다릅니다. 태생부터 이미 신이 될 운명을 타고난 자들입니다. 물론 처음 시작도 마찬가지로 인간의 기준이 아닌, 고차원적 존재의 기준으로 바라보며 인간들을 통치하지요."

"…그렇긴 하지."

"전 고차원적 존재들이 가지지 못한 인간으로서의 시점과 감각을 가지고 있습니다. 게다가 레디너스 대륙에 있을 때와 두 번째 인생에서 보여준 성과들. 그거라면 이미 저의 능력을 충분히 검증했다 생각합니다."

"……."

신이 또 한 번 입을 닫는다.

실제로 레이폰은 레디너스 대륙의 관습과 문화, 그리고 그곳에 거주하는 주민들에 대해 고차원적 존재들보다도 잘 알고 있다.

현재 고차원적 존재들 중에서 레이폰보다 레디너스 대륙에 대해 잘 알고 있는 자가 과연 몇이나 될까?

그런 의구심이 드는 순간.

레이폰의 눈에 생기가 돌기 시작한다.

"앞서 말씀드렸다시피… 고차원적 존재 역시 인간과 마찬가지로 불완전한 존재입니다. 나르시엘을 비롯해 강경파 사건을 예시로 들 수 있습니다. 그들은 다른 고차원적 존재들이 신의 자리를 차지할지 모른다는 두려움에 휩싸여 저를 암살하려 했습니다. 인간에게도 시기와 질투가 있듯이, 고차원적 존재들에게도 마찬가지로 시기와 질투가 있습니다. 실제로 고차원적 존재들은 서로 세력을 나누어 신의 자리를 노리는 세력전을 펼치고 있습니다. 이 문제점은 이미 강경파 사건에서 드러났다고 생각합니다."

"……."

"하지만 걱정하지 마시기 바랍니다, 신이시여. 저는 그 해결책을 가지고 있습니다."

"그 해결책이라는 게… 네가 신의 자리에 오르는 것이더냐."

"예, 그렇습니다."

부정하지 않고 곧장 긍정의 의사를 드러낸다.

어떤 세력도 아닌, 제3자가 신의 자리에 오른다.

중립적인 선택이라 할 수 있지만…….

레이폰의 신분이 인간이라는 것이 거슬린다.

물론 레이폰도 신이 고민을 하는 이유가 무엇인지 잘 알고 있다.

"신이시여, 제가 인간으로서의 신분을 가지고 있기 때문에 고민하고 계시다면… 저에게 고차원적 존재가 될 수 있는 시험을 내려주시옵소서."

"시험?"

"예, 그렇습니다. 두 번째 인생에서 다시 한 번 인간계의 정점에 올라보라고 시험을 내렸듯이, 이번에도 저에게 별도로 시련을 내려주신다면 문제없이 달성을 해 보이겠습니다."

"……."

"저는 자신 있습니다."

레디너스와 현 인간계.

두 차원을 관장하는 신이기에 레이폰의 말이 결코 허세가 아님을 잘 알고 있다.

그리고 무엇보다도 그의 능력을 누구보다도 잘 알고 있다.

그래서 일부러 레이폰에게 두 번째 인생을 부여하며 내기를 진행했던 것이다.

이미 레이폰의 능력은 검증이 되었는데, 이제 와서 또 무슨 시험을 내려주랴.

"아니, 네 능력에 대해서는 의심의 여지가 없다. 재차 번거롭게 또 다른 내기를 진행할 필요는 없다."

"제 능력을 인정해 주셔서 감사합니다, 신이시여."

"하지만 문제로다… 네가 신의 자리에 오른다면, 분명 반감을 가지는 세력이 있을 터인데……."

"그 점에 대해선 걱정하지 않으셔도 됩니다."

레이폰은 이럴 줄 알고 또 하나의 카드를 준비해 뒀다.

"셰리드엘… 그자가 저의 편이 되어줄 겁니다."

"셰리드엘이라……."

"예, 그렇습니다. 신이시여… 셰리드엘이 속해 있는 세력은 강경파와 적대적인 관계를 구축하고 있던 대표적인 세력이기도 합니다. 그러나 제가 인간계에 있을 당시, 강경파가 저를 암살하려던 계획을 세운 탓에 강경파의 위상은 크게 떨어졌습니다. 제가 신의 자리에 오른다 하더라도 강경파는 자신들의 목소리를 앞세울 '명분'이 없습니다. 적어도 강경파에 속해 있는 고차원적 존재들은 저에 대한 반감을 드러내지 못할 겁니다. 그리고 저를 도와줬던 셰리드엘은 저와 우호적인 관계를 가지고 있습니다. 셰리드엘을 통해 그쪽 고차원적 존재를 하나하나 설득해 나간다면, 분명 좋은 결말을 얻을 수 있을 겁니다."

한 번에 두 세력을 공략해 간다.

강경파는 반대 의견을 제시할 명분이 없고, 다른 한쪽은 민철과 함께 강경파의 부정행위를 드러내는 데에 협력했던 관계인 세리드엘이 속한 세력이다.

레이폰의 말에도 어느 정도 일리는 있다.

"그리고 무엇보다도 신의 결정입니다. 감히 누가 신의 결정에 토를 달 생각을 한단 말입니까!"

레이폰이 슬그머니 신의 위상을 드높이는 발언을 들려준다.

신이라는 자가 고차원적 존재들의 눈치 따위를 볼 이유가 어디 있겠는가.

은근슬쩍 신의 자존심을 건드리는 발언이 될지도 모른다.

그러나 레이폰의 입장에선 여기에 모든 것을 걸어야 한다.

이 자리를 위해…….

레디너스를 관장하는 신의 자리를 위해 여기까지 오게 되었다.

레이폰은 사전에 셰리드엘과 한 가지 거래를 했다.

만약 레이폰이 신의 자리에 오르게끔 도와준다면…….

레이폰의 차기 신으로 셰리드엘을 내정하겠다는 약속을 한 것이다.

셰리드엘의 위에는 신이 될 차례를 기다리는 몇몇 고참 격인 존재가 있다.

그들을 제치고 단번에 신의 자리에 오를 수 있는 절호의 찬스.

그것이 바로 레이폰의 뒤를 이어 차기 신으로 내정받는 일이다.

눈앞의 이득을 보지 말고 미래에 발생할 더 큰 이득을 보라.

레이폰이 마지막에 인간계에서 셰리드엘에게 말했던 것이 바로 이런 뜻이었다.

지금 당장은 신의 자리를 포기하고, 차기 신의 자리를 확실하게 약속받는다.

그것이 셰리드엘이 레이폰의 제안을 수락한 가장 큰 원인이다.

지그시 레이폰을 내려다보던 신이 결심을 굳혔는지 그에게 나지막이 말을 건넨다.

"그대라면… 신이 될 자격을 갖추고 있을지도 모르겠군."

"황송합니다, 신이시여."

"…좋다. 너에게 레디너스 대륙을 관장하는 신의 자리를 맡기도록 하마. 그 넓은 안목과 특출 난 재능으로 인간계를 잘 꾸려 나가도록 하거라."

"예, 신이시여."

레이폰의 최종 목표가 달성되는 순간이다.

＊　　　＊　　　＊

레디너스 대륙을 관장하는 신.

레이폰 더 데스사이드.

셰리드엘을 비롯해 수많은 고차원적 존재들을 지나쳐서.

신을 상징하는 의자로 올라서는 레이폰의 발걸음이 오늘따라 유독 가볍다.

그는 결국 두 번째 인생을 통해 신의 자리를 손에 거머쥐게 되었다.

그가 의자에 앉자, 마르티시엘이 목소리를 높여 다른 고차원적 존재들에게 제대로 새겨들으라는 듯이 외친다.

"오늘부로 새로운 신께서 탄생하셨다. 그 이름은… 레이폰 더 데스사이드. 이제부터 우리가 모셔야 할 신이시다!"

고차원적 존재들이 신으로 등극한 민철에게 각각 경의를 표한다.

그중에는 물론 레이폰을 마음에 들어 하지 않는 시선을 지닌 자들도 더러 보인다.

하나 이제부터다.

이들을 하나하나씩… 자신의 수하로 만들어가는 작업을 해나가면 된다.

물론, 레이폰의 방식인 화술로써 그들을 차근차근 제압해나갈 것이다.

'신이 되어도… 할 일은 계속해서 생기는 법이군.'

그러나 그것 또한 즐겁지 아니하랴.

속으로는 불만을 토로하는 레이폰이지만, 그의 표정은 이미 웃고 있었다.

세 치 혀로 신의 자리까지 등극한 레이폰 더 데스사이드.

그의 행보는… 아직 끝나지 않았다.

『회사원 마스터』 완결

FUSION FANTASTIC STORY

말리브해적 장편소설

MLB
메이저리그

Book Publishing CHUNGEORAM

유행이 아닌 자유추구-
WWW. chungeoram.com